# 可居室藏書翰·羅振玉

王貴忱　王大文　編

SPM 南方出版傳媒
廣東人民出版社
·廣州·

圖書在版編目（CIP）數據

可居室藏書翰 · 羅振玉 / 王貴忱，王大文編．—廣州：廣東人民出版社，2017. 2
ISBN 978-7-218-11525-2

Ⅰ．①可…　Ⅱ．①王…②王…　Ⅲ．①書信集—中國—近代　Ⅳ．①I265

中國版本圖書館 CIP 資料核字（2016）第 306139 號

KEJUSHI CANG SHUHAN · LUO ZHENYU
可居室藏書翰 · 羅振玉
王貴忱　王大文　編

出 版 人：肖風華

責任編輯：張賢明
裝幀設計：友間設計
責任技編：周　傑　易志華

出版發行：廣東人民出版社
地　　址：廣州市大沙頭四馬路 10 號（郵遞區號：510102）
電　　話：（020）83798714（總編室）
傳　　真：（020）83780199
網　　址：http://www.gdpph.com
印　　刷：廣州家聯印刷有限公司
開　　本：787mm × 1092mm　1/16
印　　張：15.75　　字　數：170 千字
版　　次：2017 年 2 月第 1 版　2017 年 2 月第 1 次印刷
定　　價：150.00 元

如發現印裝品質問題，影響閱讀，請與出版社（020-83795749）聯繫調換。
售書熱線：020-83780517　83781479　　郵購熱線：020-83795240

羅振玉先生像

# 序

上虞羅雪堂先生以傳古為畢生職志，故與同志廣通聲氣勤于箋札，所記多關涉我國傳統學術，實為近代學林秘寶，後之學者若能摒棄傲慢自大、蔑視古人、虛驕狂躁之氣，平心靜氣研讀一過，于真切理解近代學術環境與夫雪堂傳古之艱難困苦及苦心孤詣，必深有裨益，至於多識學林掌故則尚其末事也。文立前曾奉雪堂冢孫我師鯁盦先生（諱繼祖）之命，整理考釋雪堂致王國維書札都七百通成《羅振玉——王國維往來書信》，繼之增補考釋鯁翁原編家藏書札為《永豐鄉人家書手簡留真》。兩書行世久矣，而閱讀揣摩、爬索利用者固罕有聞見，羅王研究仍陳陳相因謬説橫行謅言丹青。文立後又與大連圖書館館長張本義先生合作，蒐集雪堂自著書都百七十二種，宣紙綫裝精印（影印排印）成《羅雪堂合集》，為雪堂著作第一次全面結集，書信部分增廣為永豐鄉人書信三種（家書、手簡、書札致觀堂），彙集凡千餘通。鐵嶺王貴忱先生（可居）聞風嚮義，亟以所藏雪堂書札手跡拷貝賜示，為致學部舊長官寶熙、哈同倉聖明智學園《藝術叢編》編者鄒安、妻弟范兆昌、收藏家方若、羅惇者，均傳古之同志，因將手跡與釋文先期露布以餉學界，並以彰可居先生之古風。《羅雪堂合集》既出，可居續有所得，又交文立考釋，續刊諸《收藏·拍賣》雜誌。可居固鯁翁論學舊友，往文立侍鯁翁側，于案頭見可居自印師友書札小冊，翁題字舉以贈，笑云此「紅小鬼」也而能勤勉嚮學如是。翁于所謂「紅小鬼」者別有印象，早年服務遼寧省博物館，東北人民政府文物處某君即「紅小鬼」出身，睥睨一切，咄咄逼人，于舊知識分子尤加揶揄、百般嘲諷，令人不堪，同人至有避其鋒稱病不敢執事公廨者。故翁于可居之恂恂慕儒，三致意焉。以此事證之，可居先生仰慕雪堂其人若學而能身體力行如是，洵不負鯁翁之品目。不特此也，可居口角春風逢人説項抑揚後輩不遺餘力，亦與雪堂鯁翁祖孫同，文立親身受之，深自感奮。近年可居整理著述先後問世，今又彙所藏雪堂書札與題跋文稿諸手跡為一編，公子大文傳先生命，以文立為此項書札之整理者，委為審定且命作序。文立不敢重違長者雅命，故不避冒瀆，畧述其顛末如此。抑又有感焉。竊以為出版前賢書信，必須手跡與釋文並舉，既可增信以免誤釋，墨跡箋紙亦足備欣賞。《羅雪堂合集》所收三種，非但考釋註人繫年，且一一影印手跡，即此意也。《往來書信》所據為黑白縮小複印件，甚不清晰，故考釋錯誤罣漏孔多，不自慊意，《合集》則據彩色掃描件，僅下真跡一等，故自糾誤釋近二千處，差供參稽。雪堂雖以書為餘事不甚措意，而食古極深化為血肉，精妙絶倫横絶一世，今日群奉為巨擘模楷之沈曾植，當年情急之下曾面讓雪堂非但壟斷新出學術，即小行楷亦復獨絶，我輩幾無容身之地云云，急不擇言故可見其暗中佩服嫉妒之深切。雪堂書札全用自家箋紙，多摹寫古物古畫古法書，風流儒雅至堪把玩，則更為餘事之餘矣。乙未冬日晚學蕭文立謹敘。

# 目録

## 一　信札

## 二　題跋和書作



## 三　王忠慤公傳改本

# 一 信札

# 致柯紹忞一通

## 戊午正月初八日　民國七年（一九一八年）二月十八日

鳳蓀先生大人鑒：別後維
道履安健，遠念良深。兹有至友八字寫奉，求
為一看其前途如何，近來遭遇何若，乞
示知為叩。費
心至感，能先
口告子衡亦佳。專此奉懇，虔請
道安　振玉肅上
戊午正月初八日子時

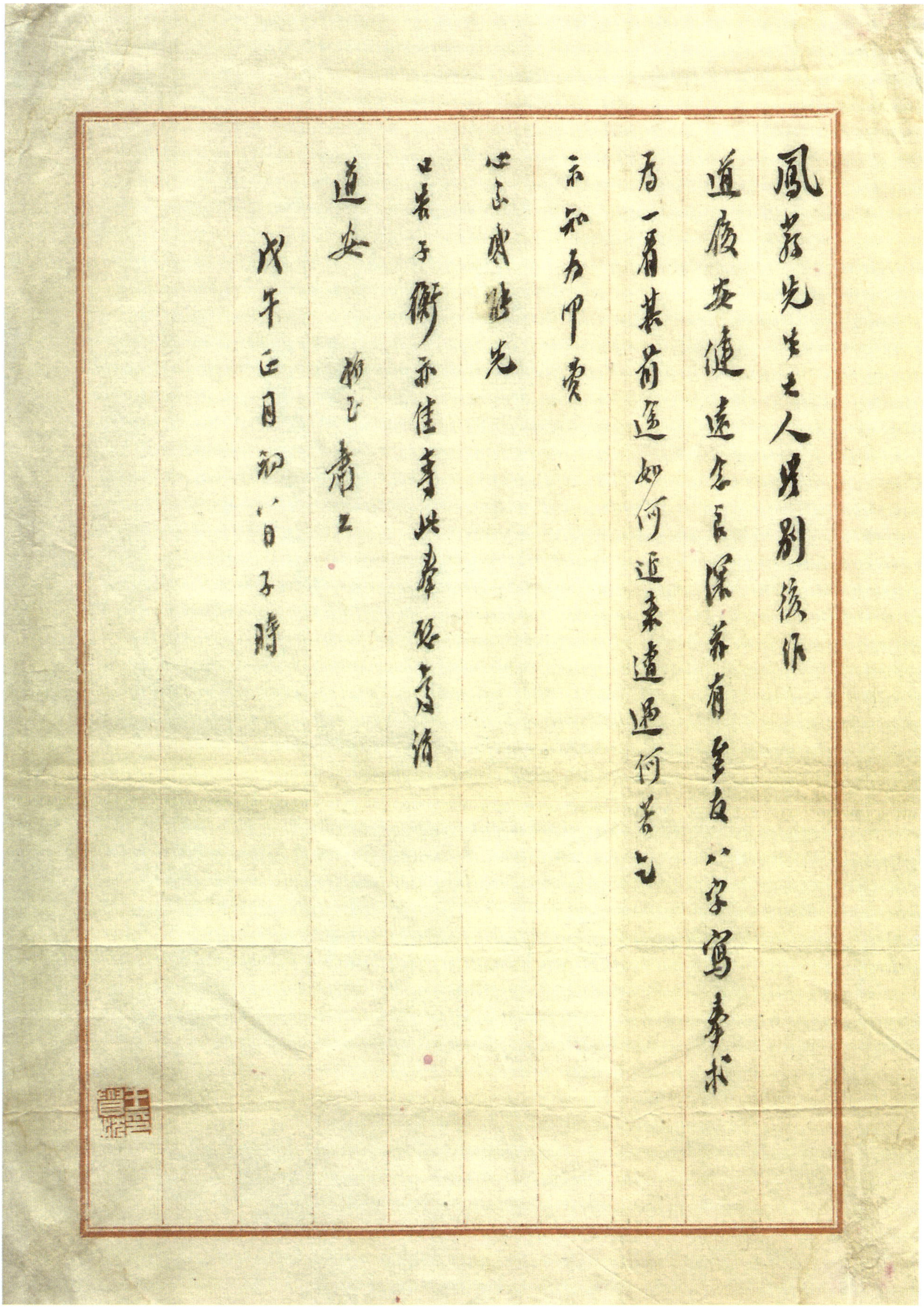

鳳蓀先生大人足下別後作
道履安健遠念良深蓀有集友八字寫奉求
為一書其前途如何近來遭遇何若乞
示知為叩賀
心正感謝先
君子衡亦佳事此舉聽其請
道安　振玉肅上
戊午正月初八日子時

# 致鄒安七通

## 丙辰四月初四日　民國五年（一九一六年）五月五日　京都

景叔先生閣下：奉廿八日
手書，知《續藏》尚未到。此書以陽歷初三寄出（陰歷初
一），已一月矣，寄物之難如此，此弟之所以不敢任每
月分印及每月分寄之事也。
公之苦衷，靜翁昨始函告，弟此次因
公之故遂允相助，今
公當板夾之地，因傳古之盛心而受此報與弟正
同，然弟不因此而悔也。弟今年本擬發憤籌款，
將《書契後編》及《殷虛古器物圖説》《符牌續録》三
書印成，然待款項籌得不知在何時，今因此外界
之力，《書契後編》竟印至五百部（哈三百，弟二百。他二種弟亦附印百部），於弟

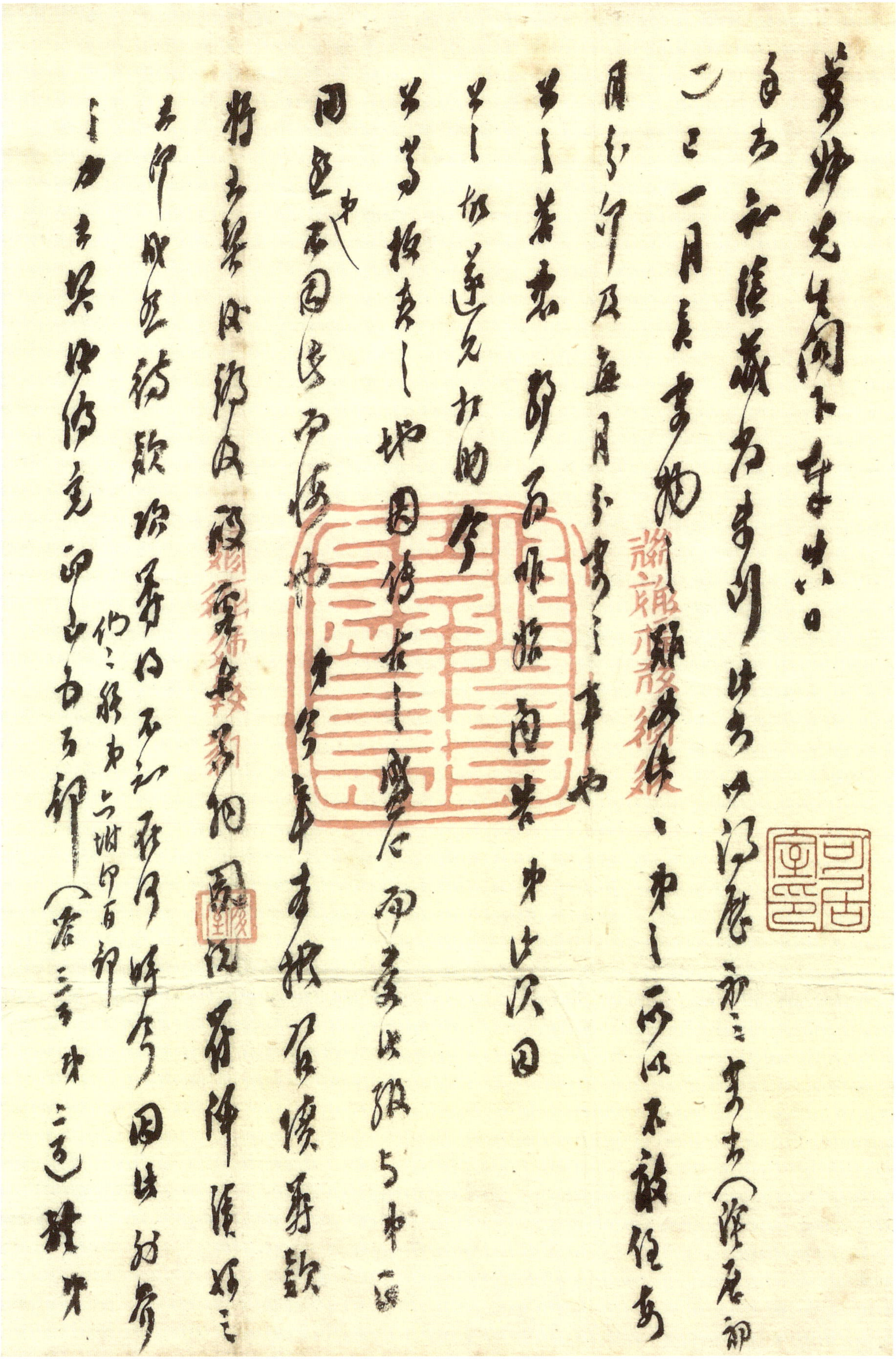

雖受一時之窘，而于傳古則大有益，亦不幸之幸也，此亦得先生之助。
今年弟尚欲印古器圖録二種，僅二三十葉，石印居半，《符牌》則小本也，各印百部耳，所費不過數百元，然鄙人之力殫矣。三書上卷已印成一百五十部，已裝箱，待
公《續藏經》提到否再定船寄。今《續藏》仍未提到，尚須設他法也。下卷近又印好，約三十張，陽歷十五定印齊，其餘一百五十部月底畢。楊君三碑，費
神至感。
寶眷由杭至滬，想未受驚，繫念殊甚，便希
示及。致　靜翁書祈
轉交為荷。此請
著安　弟期名再拜　初四夕
姬君前致候。
三書印好，一次寄否，抑分二次寄？約須四五大箱，乞　示。若亟欲寄弟一次者，即乞　迅告　靜翁。小兒若尚在滬，即告渠，初十晨渠必啟行也。
滬印之《周金文存》等已印否？能將印件散片先寄一閱，先睹為快也。

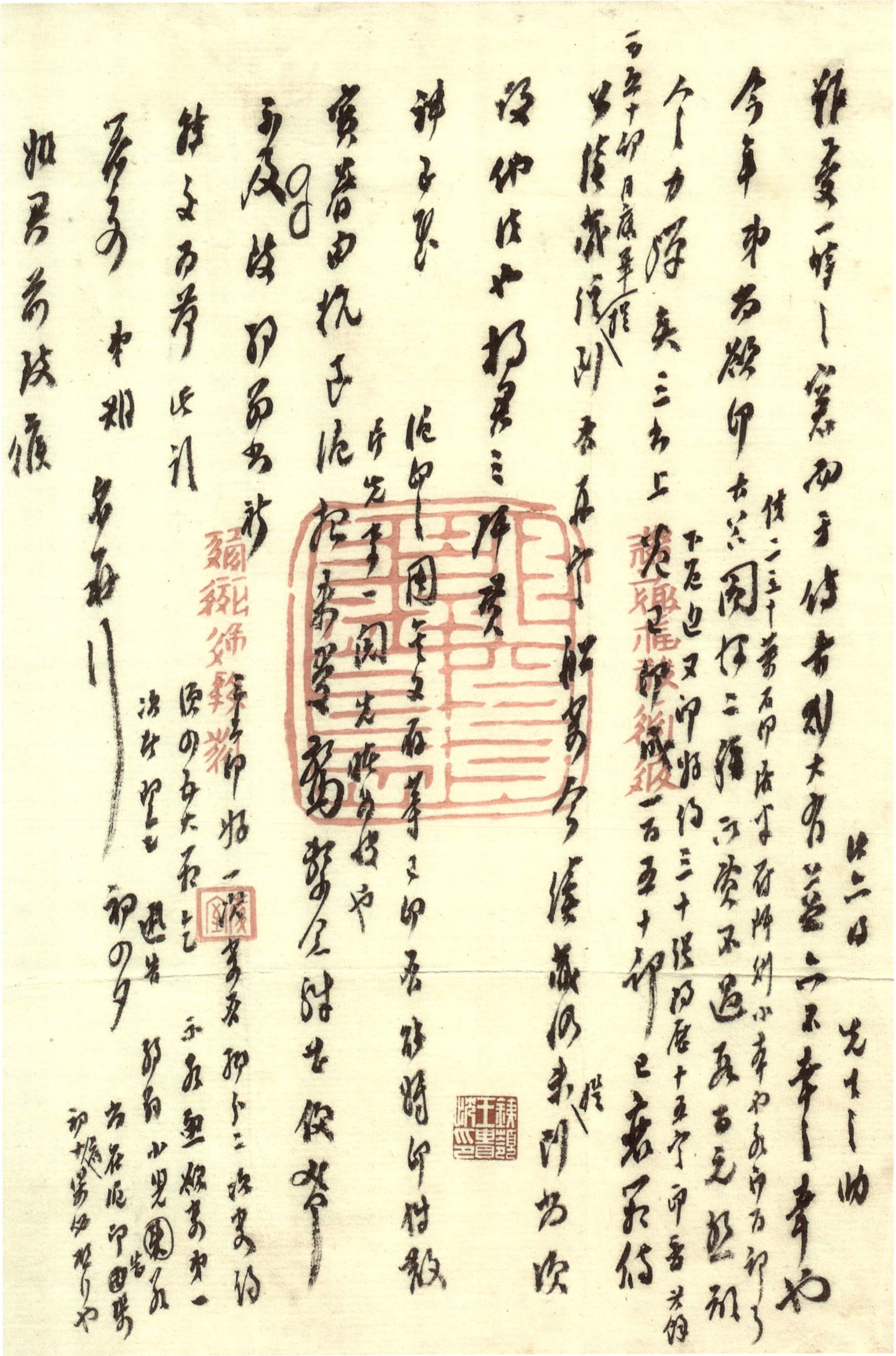

支那上海大通路大道里一街二百四十二號

鄒景叔先生收啟

羅寄　初四夕

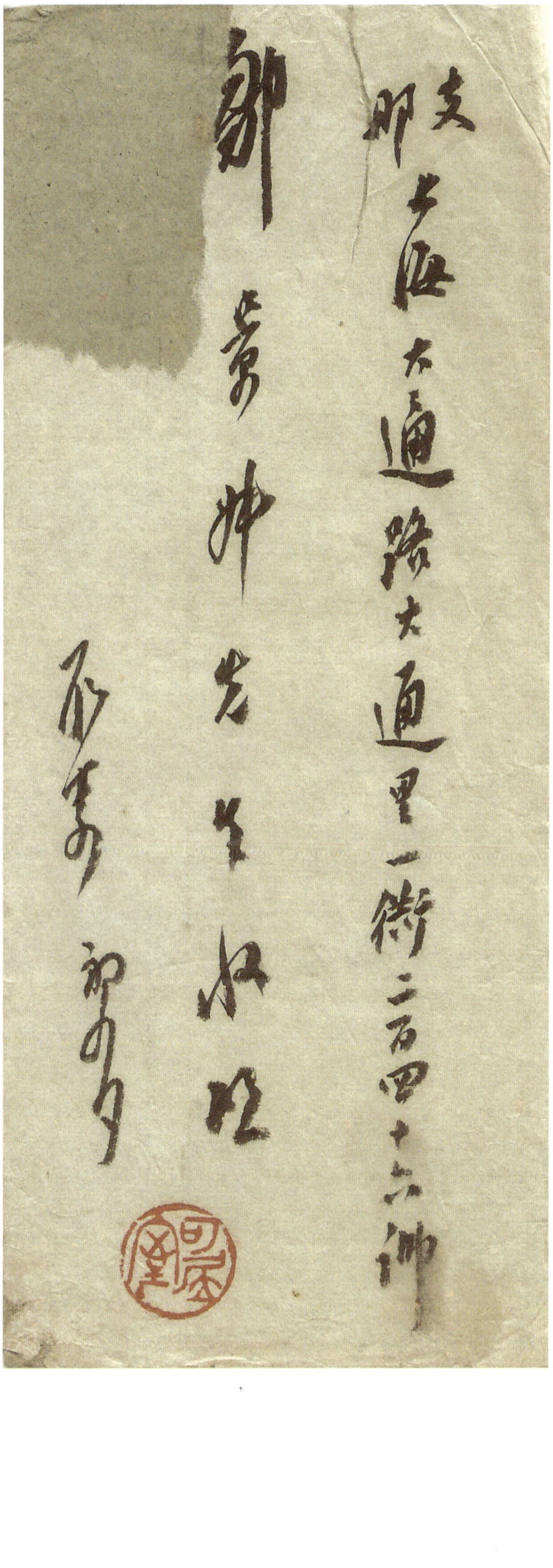
支那上海大通路大通里一衖二百四十六號
鄒景叔先生收啟

## 丙辰五月十六日　民國五年（一九一六年）六月十六日　京都

景叔先生閣下：前函想達

左右。「熊野丸」所寄書籍不知到未，念念。

屬寫印《藝術叢刊》籤條已印成，兹先郵寄四十紙（每紙十六籤，共得小籤六百餘），想足敷弟一期用，其餘四百四十紙，俟月底附書箱中同寄，因郵寄太貴也。留玻璃板事已商定矣。

尊印已成者祈

寄示。昨見新羅古刻，已代照一紙，容寄奉，印入

尊報之内，此海内學者未曾見者也。此請

著安　弟期名再拜　十六日

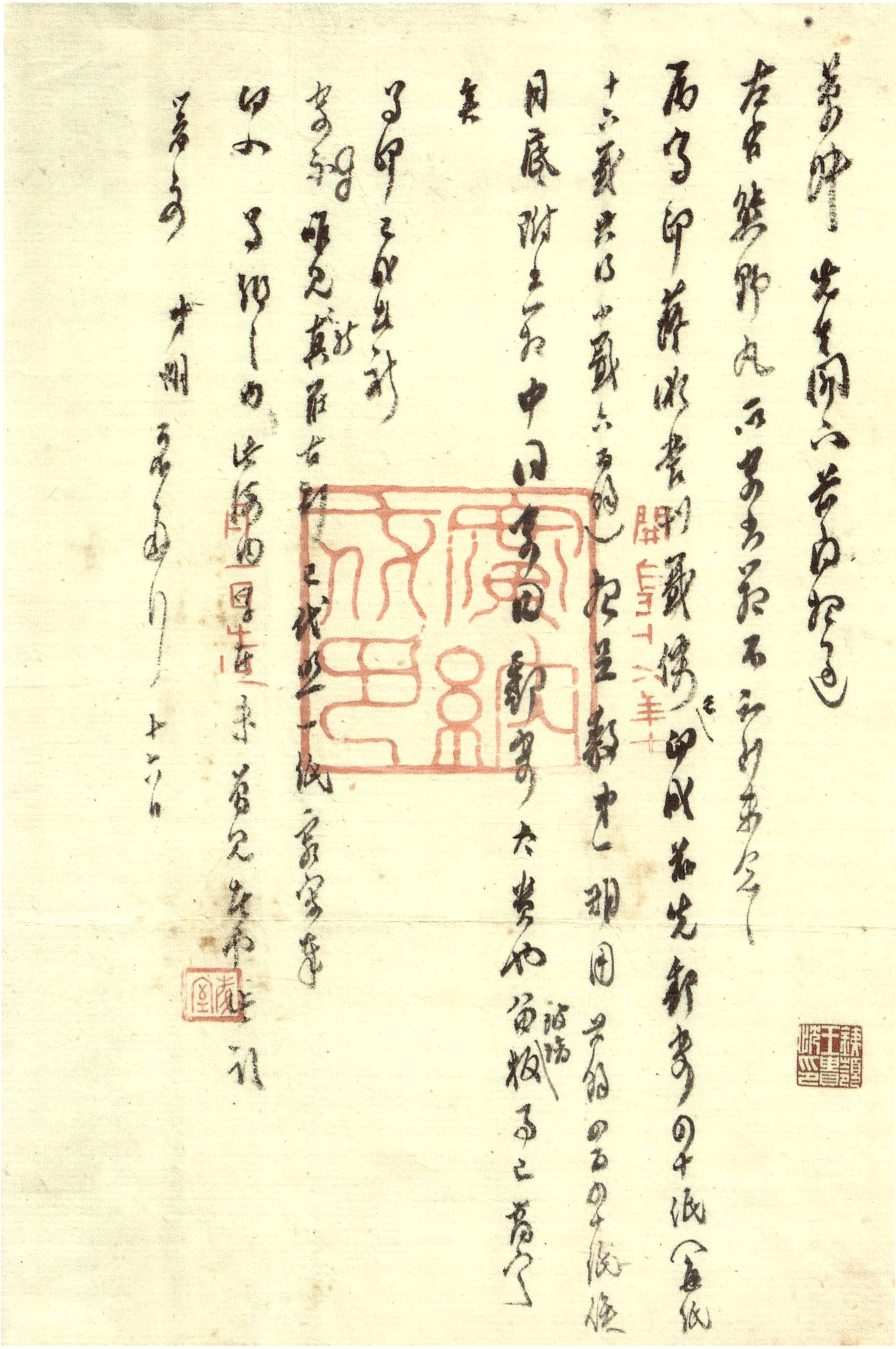

再，提單一紙附寄。此次乃由「筑後丸」行，今日開，萬一貨滿，則改後日之「春日丸」。並附聞。又啟。

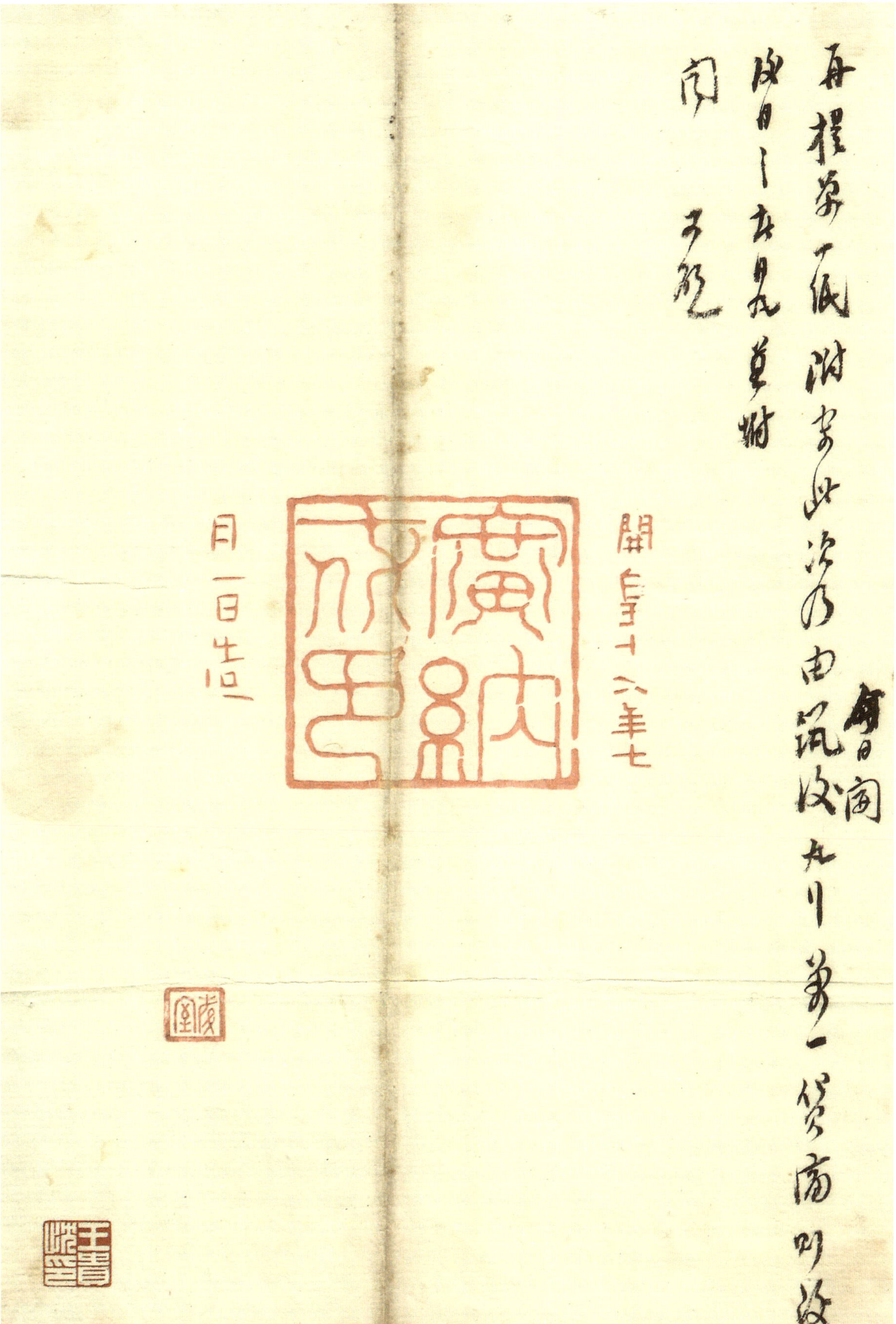
再，程第一紙附寄，此次乃由筑後丸第一貨艙
開皇十六年七月一日造

## 丙辰六月十八日　民國五年（一九一六年）七月十七日　京都

景叔先生閣下：奉
示敬悉。《天竺字源》東京尚無復信，數日内此間内藤博士往東京
再促之。必知其玻璃片多少乃能擬價，此刻無從懸擬也。現尚未定影照日期，欵来稍後不妨。《殷虚
古器物圖録》及封面序目又弟小象印本，每頁三百紙，裝箱寄
奉，祈
撿入後
示復。尚有《附説》，下月方能寫定付印，現草弟二三期《南宗衣鉢跋尾》，下月初方能畢事，《跋尾》畢乃能寫《附説》，
合並聲明。楊君太奇特。前信在帖内尋之不得，惟弟處有楊手
寫目録三種，其褚《聖教》渠有二本，單内所開是有額本，此
次所寄則不僅無額，且正文中有缺字，弟亦不與較，以圖省事，
乃為此返復，但有不理會一法矣。此次箱中附寄《恒農冢
墓遺文》二十冊，此書乞交　王靜翁，《符牌録》《漢晉石刻墨影》《殷虚書契待問編》各二十
冊（共六十本，請　交舍弟子敬）。又《大藏經目》即　姬君託購者，祈
轉交為荷。此請
著安　弟期玉頓首　十八夕
《朱曼妻買地券》聞已石印好，乞
惠寄一紙。

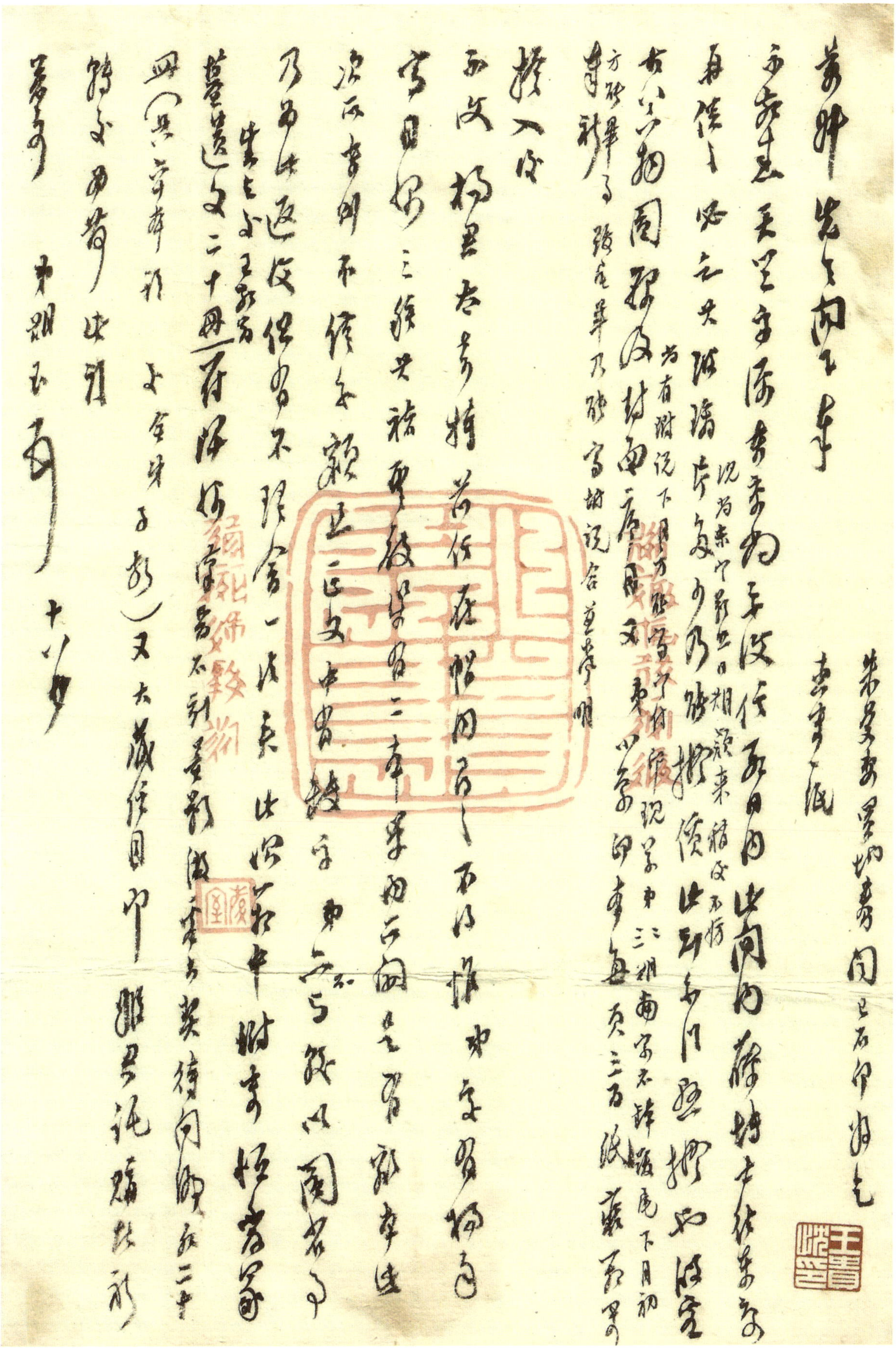

支那上海大通路山海關路口大通里二百四十六號

鄒景叔先生收啟

羅寄　廿三日

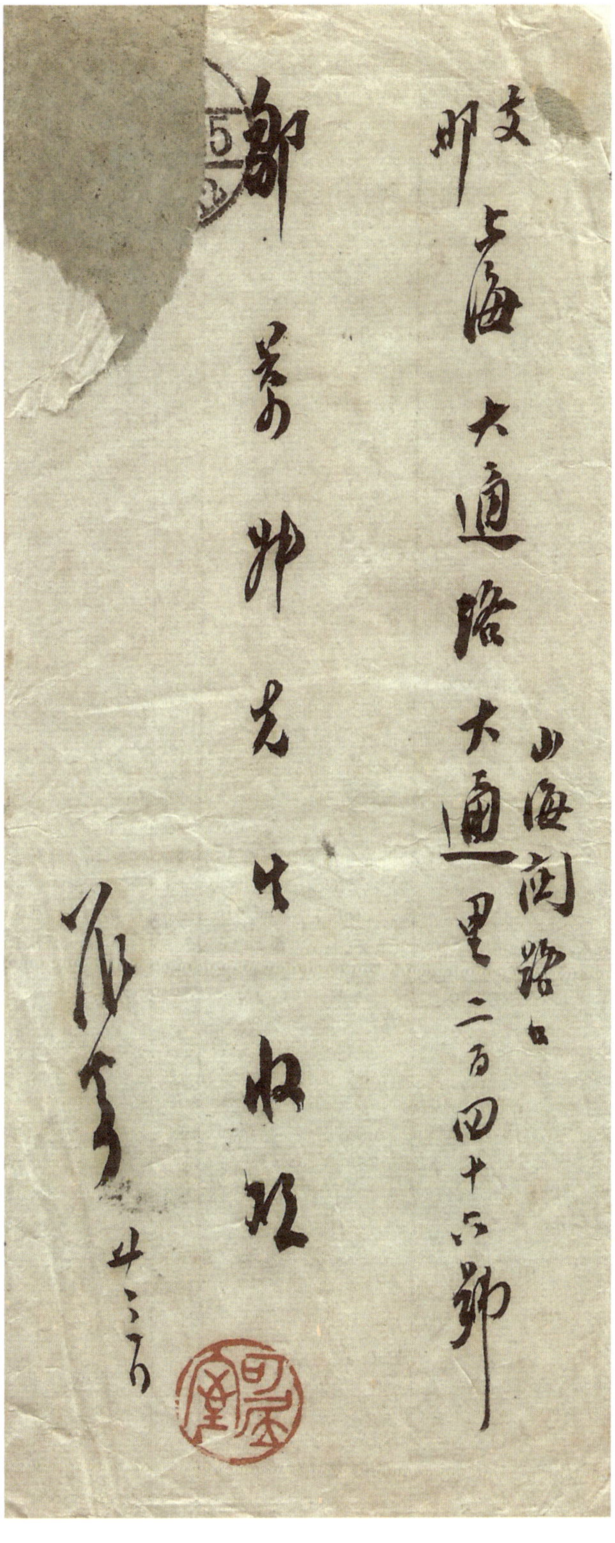
支那上海大通路大通里二百四十六號
山海關路七
鄒景叔先生收啓
振玉
廿二日

## 丙辰八月初六日　民國五年（一九一六年）九月三日　京都

景叔先生閣下：奉
示敬悉。姬君又有六書照辦之説，俟博物館長復書到再酌定奉
聞。此刻先借北宋寫本《悉曇字記》，付玻璃板縮小印之，價與東京石印大本相等耳。但此是古寫本，不能于書口加
「倉聖大學」字，但能于書面加之；《天竺字源》若付印，亦不能于書口加此等字。阮文達、金瘦
仙每于三代彝器上刻字，此千古笑柄；若于北宋寫本及北宋刻本書上加此等字，其笑
柄更遠在彝器上刻字之上也。《南宗衣鉢》二本在弟三次所寄書箱中，箱到即
得之，因此冊太大，不能郵寄也。傳古乃弟之夙願，本無受祿之意，若受人薪金，即不能不為人役，不如不受酬之進退裕如
也。弟老矣，平
日不能為人傭，今益放廢，但為古人役，則低首下心所不辭也。今年大發印書
之興，擬屏一切嗜好專力此事，恐須萬金左右，現方擬斥鬻所藏以圖之。始知傳古之事，國家之力與當世富人固遠在
我輩寒士下也。用博
一笑。此請
著安　弟期玉頓首　初六日

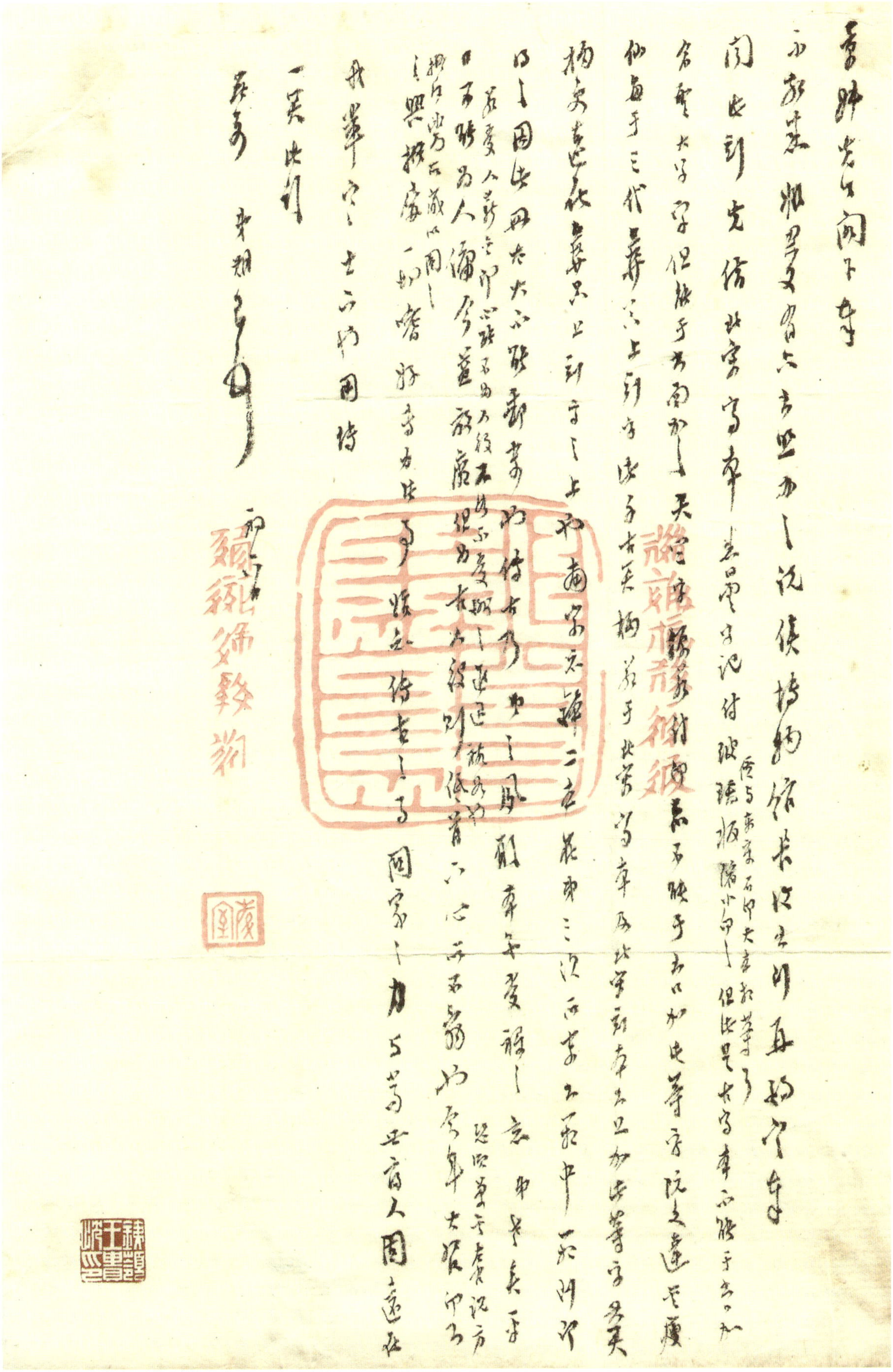

支那上海愛文義路大通路山海關路口大通里二百四十六號

鄒景叔先生台啟

羅寄

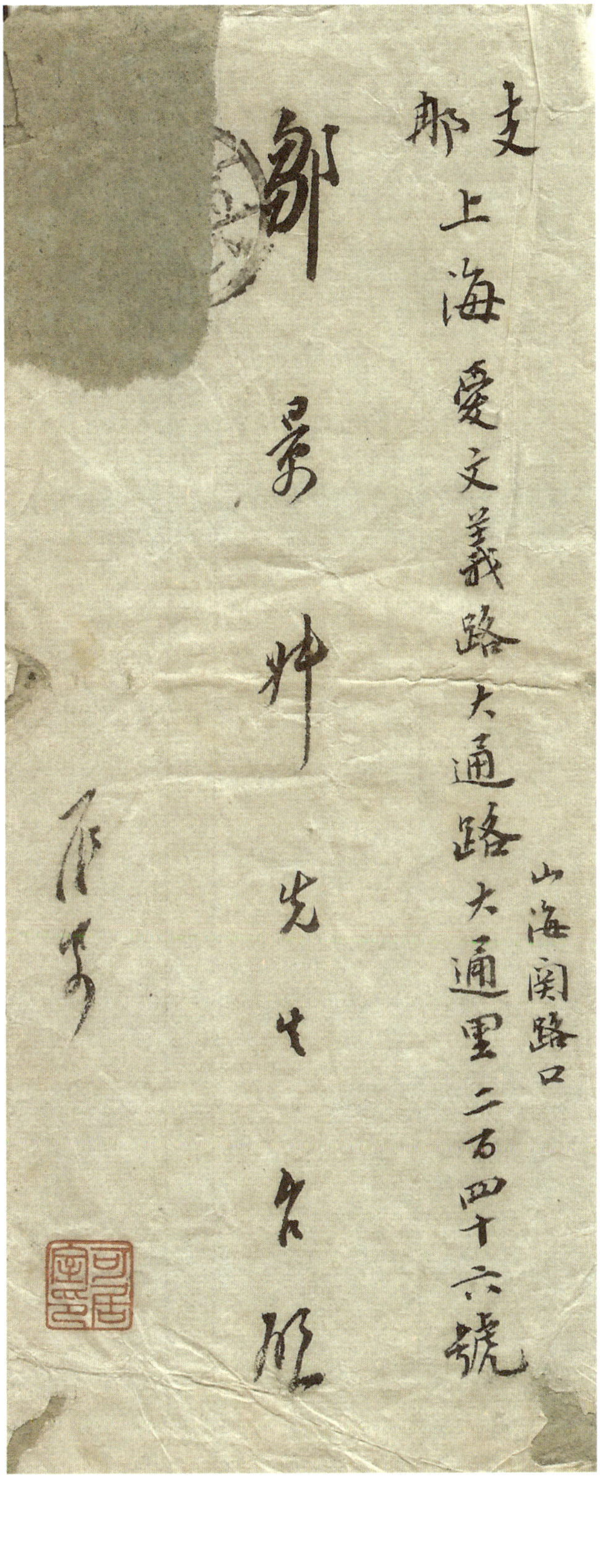

支那上海愛文義路大通路大通里二百四十六號

山海關路口

鄒景叔先生台啟

振寄

可居室

## 丙辰八月初八日　民國五年（一九一六年）九月五日　京都

景叔先生閣下：前得

一電一函均悉。兩旬以來稍有目疾，醫者戒讀書作字，甚以為苦，

致尚未裁復，至歉至歉。《天竺字源》此次参差乃在博物館長，不

怪　姬君。故弟願自印，又恐　姬君及

公居心不欲累及鄙人，遂有書由弟印，印成後以新書百部歸哈園之

請。今得

來函來電彼此分印，弟意若如此辦理，照費哈園即出三百元，餘

由弟任，哈園于印書之費則各半可也。款暫不必匯，遲遲不妨，因成書之期尚未議定也。東京金屬版印刷遲遲，玻

璃片寄去二十日，至今尚未見印樣，故弟近印各書仍在京都用玻

璃板印，價雖貴數倍，卻便捷多矣。《殷文存》在東京印，七十七頁，印期至一月

餘，尚有二十頁未印成，原約是一個月，東京商人更遠在京都

之下也。弟近因不能讀書寫字，《殷虚古器物圖録附説》遂不

能動筆（秋節左近可寫定矣），乃專事編輯。現印（玻璃板）《古明器圖録》四卷（此種已印成）、《古鏡圖

録》三卷、《佚石集存初集》一卷（三種四十餘紙）、《高昌壁畫菁華》一卷（已印成，此一月

靜安先生閣下：前得

一書一函，均悉。聯句東坡書目，前日收到，讀書記中言以西人

跋書來，感謝無已。天下事莫如此，凡前得博物館長不

懼拙書拙處，自印之，不得拙書處

及屋不欲累及鄉人，遂有由東印之議，然新本有印，擬寄滬圖、

謹念。

東方東京鐫版今印，而今殷虛書契印出，二百元後

由東傳遞圖（欽儀又不應遲了不好，因此事之須商議何如）手印出之，雲村成半可也，東京書畫局版印，兩項進行，跋

續出者，一二十日已寄為去，然印稿收，而直印亦未行，孫言郵圖、跋

續板印（續）非貴者信印後，據為其證文存（非書亦印）其中尤貴印相近一月

約為貴二十頁來印此本約計一月來寄，為人更速，再寄新

了下也（而未）直圖不能讀之寫字，以至古器物圖錄繼續（新印者直寄書來）

張寄來，乃先為纂印（此蹟已印此）古明器圖錄四卷、古鏡圖

錄三卷，俟不集古遺文補（卷）（三種四冊紙）存寄壁畫（已印卯）等最一者（照目）

前印），又須印唐寫本《世説新書》殘卷、六朝寫本《禮記子本義疏》（我國久佚之書）殘卷，又編印《隋唐以來官印集存》一卷（六十餘紙），皆望之同好而不可得者，今努力自為之，趙撝叔《鶴齋叢書序》所言字字金玉也。籌款雖苦，觀成則較易矣，

公當以我為癡絶也。落水《蘭亭》，弟平生所見已三本，皆有名人跋，皆非後人偽託，今

公又見一本，不知視弟所見何如也。索值幾何？便希

示及。若果佳者，

公何不用玻璃板精印之耶？海東石刻古者不多，欲專為一書，似于

學術上無大價值（因皆有關于高麗史，而無關于我國也），但有將其最古之石散印數品可耳。

尊意云何？新羅碑弟有釋文，一二日録奉，茲先將出土之地奉告，乃在高麗慶尚道昌寧也。《叢編》弟二冊已出版否？弟尚未得寓目，祈

寄示，以後能不請便寄，尤感。此請

著安　弟期振玉頓首　八月八日

前印（又頃印）唐寫本世說新書殘卷一冊、寫本秘記子本蒙求（我國久佚之書）殘卷，又論語何注集解官印聖賢一冊（字極佳），皆印之。日後當寄奉也。分贈另有一集（趙撝叔補寰宇訪碑錄亦可寄上也）羣籍雅集，欲印之，何論問先生。以書坊所得府縣志而添水蘭亭一卷中手）此兵燹已三年，皆由名人跋語由收入但純可。兄去年所知者，亦兄所為也。常值戰時，收存亦非是實佳本。其月後因賤病，撥版印之，印中洽齋已刻書在天籟松富出土石收手字體上至大備（值因當月因手書酬其所寄之闕乃聞是也），但留得其原書之石數印藏之耶。弟意當前新得作手寫釋文一二日，將中年藥將書年之妙者乃就，為乘慶為道昌盛也。書此頌二冊，已出版，各種當為本局所寄知。以上故求竹徵君說此訊

著安

弟振玉頓首　八月廿日

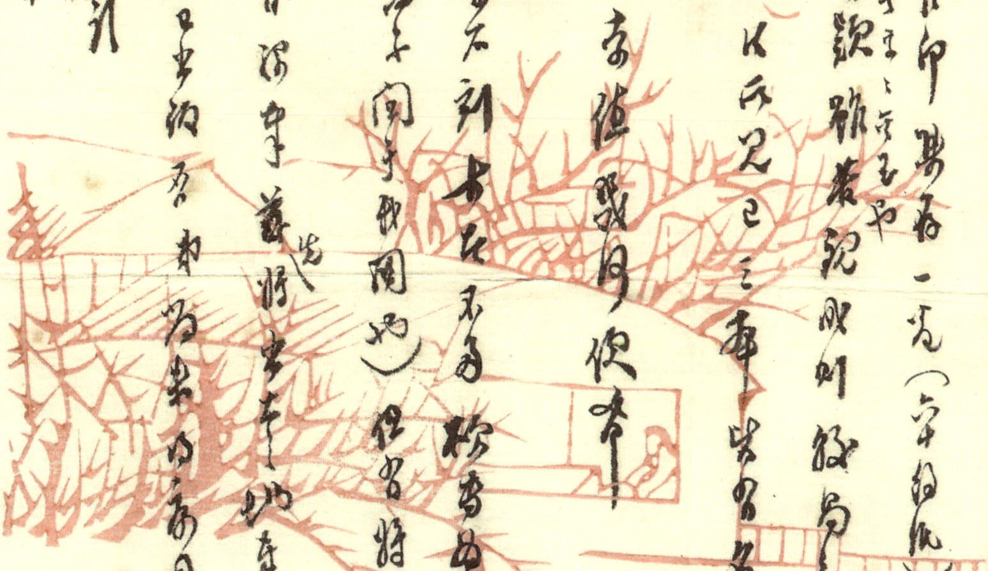

支那上海大通路山海關路口大通里一街二百四十六號

鄒景叔先生收啟

羅寄　初八日

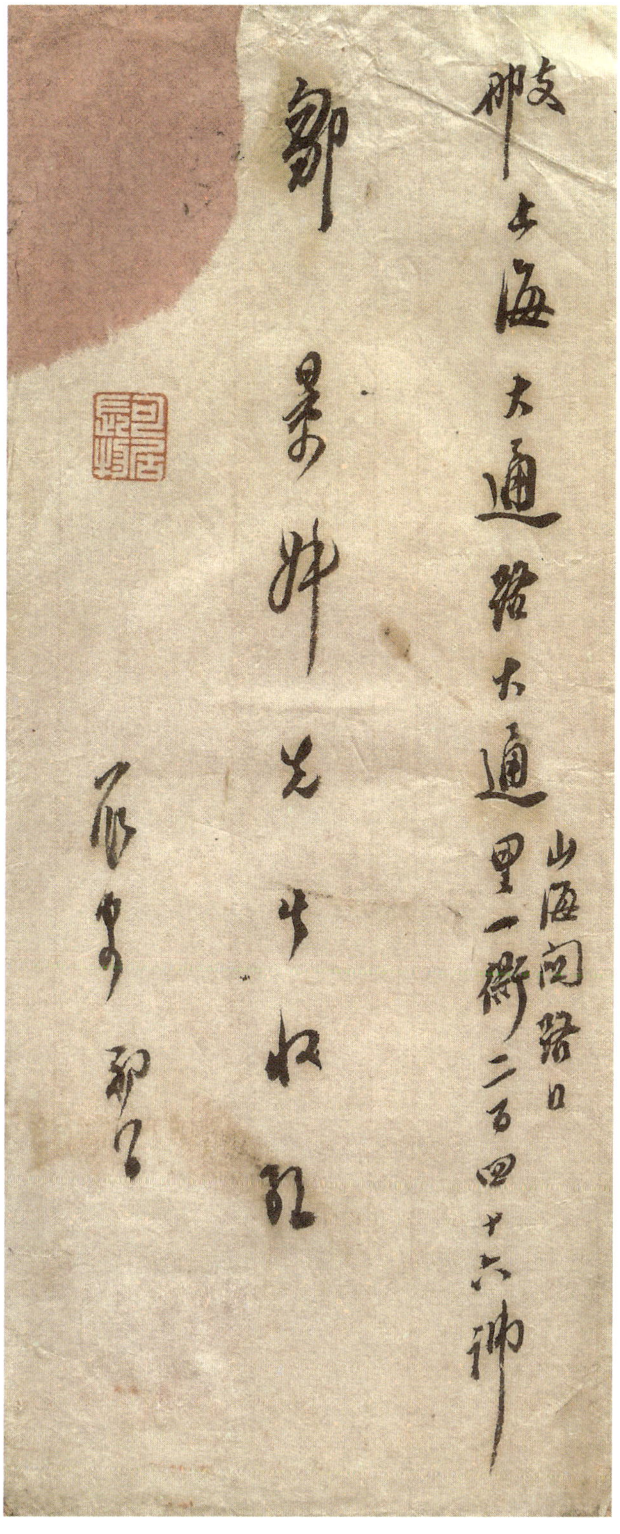

## 丙辰八月二十九日　民國五年（一九一六年）九月二十六日　京都

景叔仁兄大人閣下：前函計達

左右。弟以畏往返函商之煩，故《天竺字源》擬由弟印，博物館照費又與前報之數不合，故益增往返磋之勞，不如由弟印，可省糾葛；今

得

來示，知照費三百元已付出，則仍照前議，命東京估印價矣。博物館照象貴于此間幾四之一，昨託東友自已購玻璃片由館中照之，並曬影片一份，計共三百六十元（以前影片不在内，尚須四百元有奇），不能不用館中寫真師，否則尚可稍廉，《悉曇字記》在此間照，四十三片僅四十元耳。兩書照片共四百二十元，與前算不符，請將漲出之《天竺字源》照費六十元由弟任之（弟亦須附印百部），哈園仍出三百元可也。至《悉曇字記》之費照弟亦墊結，若此二書由此印行，此款與印價同匯，否則將二書影本同寄奉可也。玻璃不好寄，定損壞也。原書乃鎌倉時代寫本，非宋版，已由殷野館長書中説明，其紙色甚黑，不能石印，惟東京金屬板尚可做，茲將用金屬版印之，紙工兩項價（除照相外），照印三百部計算，共五百七十七元，尚有兩書封面、序文及運費等，恐須六百元，紙張及版心之大小另紙奉

藝林仁兄大人閣下：前向牛子
厚君以影印往返商之，欲收天竺之像，由牛印精物作照，又
與前函之數不合，收並擬往返，確之者，由牛印者，最低價等
目。
弟至今無費三百元之付，于計仍照前議，原頁作印價，其精物
諸照，且費于此向前回之一帳，託其敘收已之編磁瑞片，由信中照之費。不能石印，信中言
[illegible]鄰片一併計共二百六十元（又前鄰片不在內，為四百元另行）惠寄，此在
此向照四十二片，作四十元，並照片共四百二十元，與前[illegible]照
此一[illegible]（天竺）頁，照費六十元，又照片二百[illegible]，由[illegible]，[illegible]閣，仍由二百元，另[illegible]，惠寄
印之[illegible]照，與上照信，[illegible]三百，印成，尊跡與印價，[illegible]，則將[illegible]
[illegible]瑞石將其冊本，[illegible]
同與前，同此雨，尤乃[illegible]，[illegible]，[illegible]之由，[illegible]信，[illegible]中
[illegible]
說明，共紙若干，里二[illegible]，石印，無為收為，[illegible]，[illegible]，將用之，為服印之紙
石印價，（[illegible]照）如此，印二百部計五百七十元，為省，[illegible]封面，序文及送
照等，照價，六百元，紙價，[illegible]收，[illegible]之，大小另，[illegible]

覽，祈
檢核
示復。東京印工遲緩，又督工事託友人（非不可自往，則所費甚多），更
不能速，合併聲明。至
大報須印畫片以十二寸為止，北宗諸畫皆敝黯者多，縮太小則無
精神，弟擬撰集《三遺民寶繪集》（陳老蓮、石濤、龔賢），此三人者
千秋人也，其畫亦超然獨步，弟所篤愛。若與
尊旨合，則（三家共）多或七八十紙百紙，少或五六十紙（印價連照費印工紙張，照三百部計算，每張印半面，每張不過
五分左右耳），亦希
便復為荷。此請
著安　弟期玉再拜　廿九日

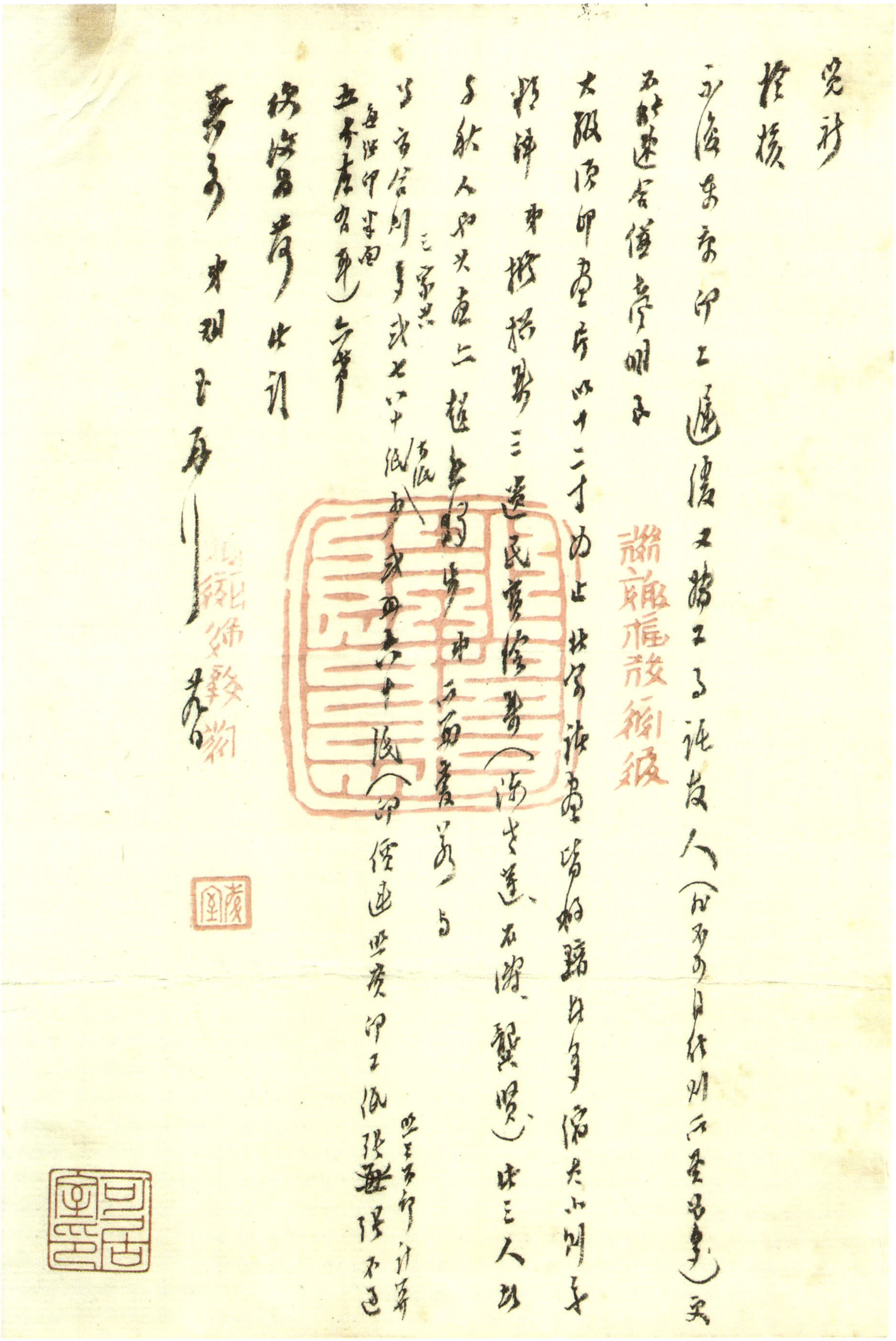

兩梵書印工預計帳　照印三百部計算

《天竺字源》玻璃板二百七十枚，每兩枚為一頁　共每部一百卅五張。

用紙（伊豫整張，每張裁小葉二張）二萬五千五百張（即小葉五萬一千張），

價二百五十五元。

印工（金屬版），每小葉兩張，印價八釐（即每一葉四釐），

印價共二百零四元。

《悉曇字記》玻璃板四十三枚，每兩枚為一頁　每部二十二葉。

用紙（伊豫整張）六千六百張（即小葉一萬三千二百張）

價六十六元。

印工（金屬版），每小葉兩張，印整八釐，

價五十二元八角。

兩書各印三百部，總計五百七十七元，但照費及序目、封面、寄費等不在內。

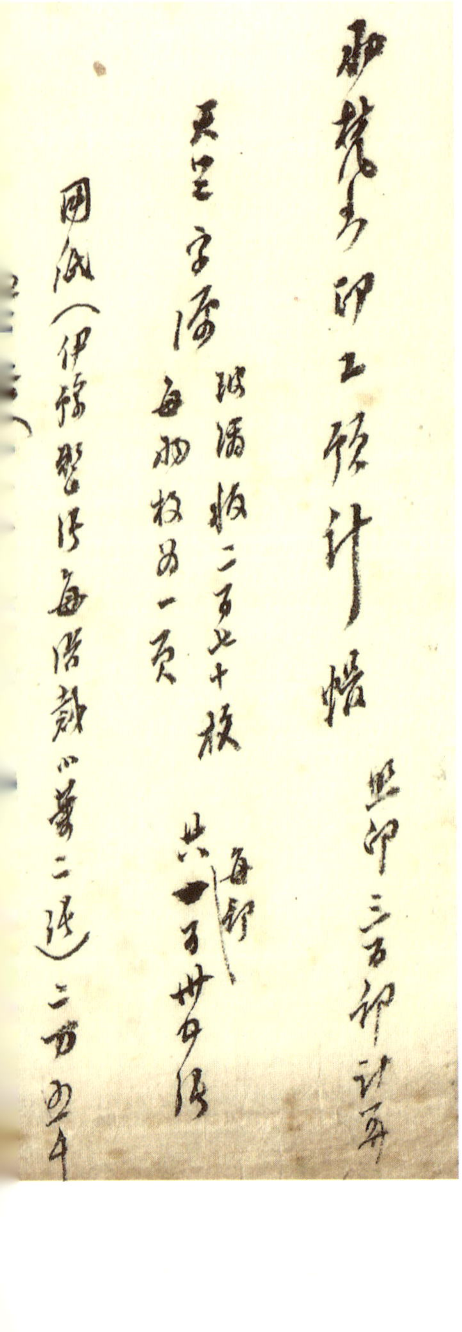

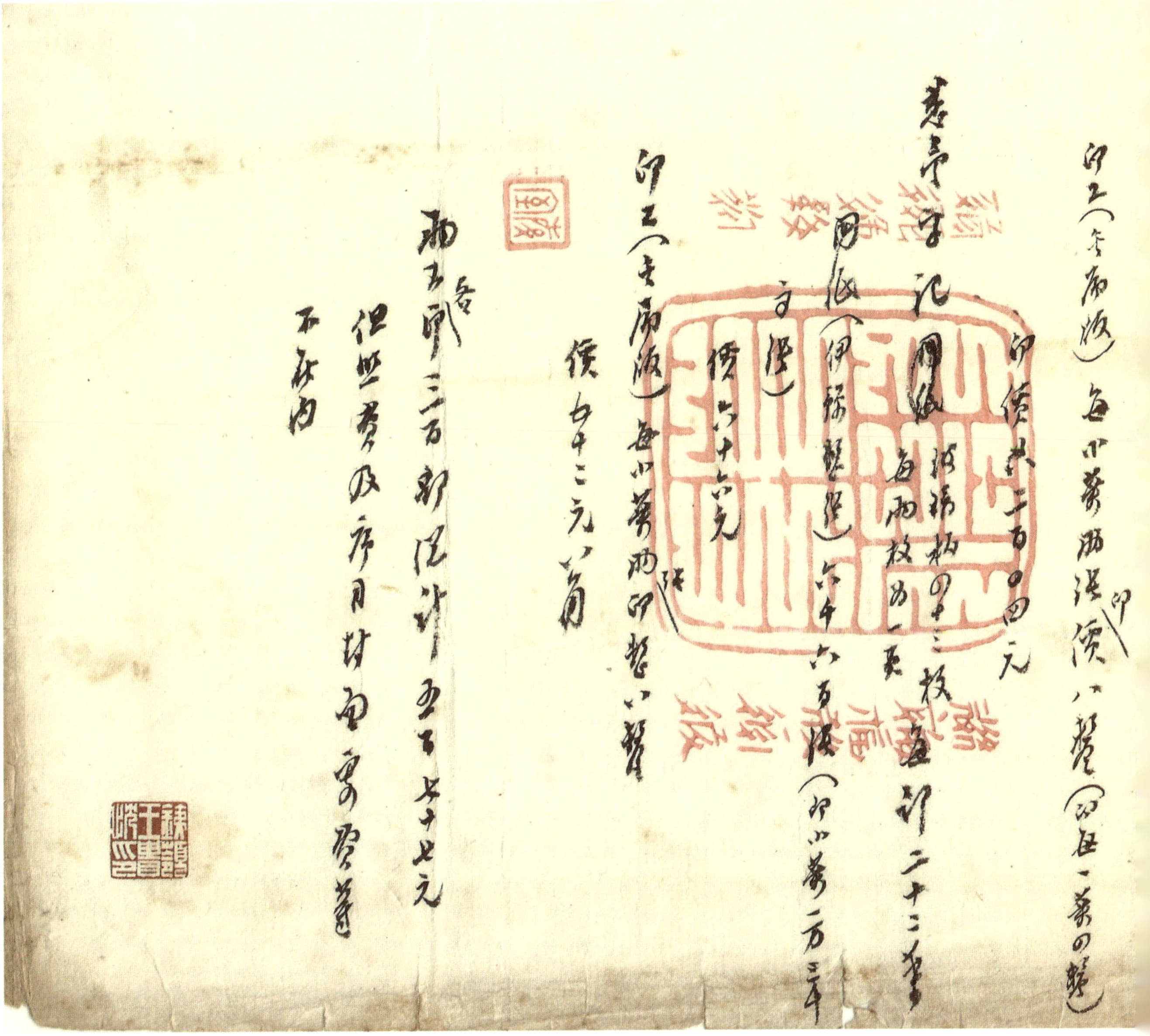

支那上海大通路山海關路口大通里一街二百四十六號

鄒景叔先生收啟

羅寄　初三日

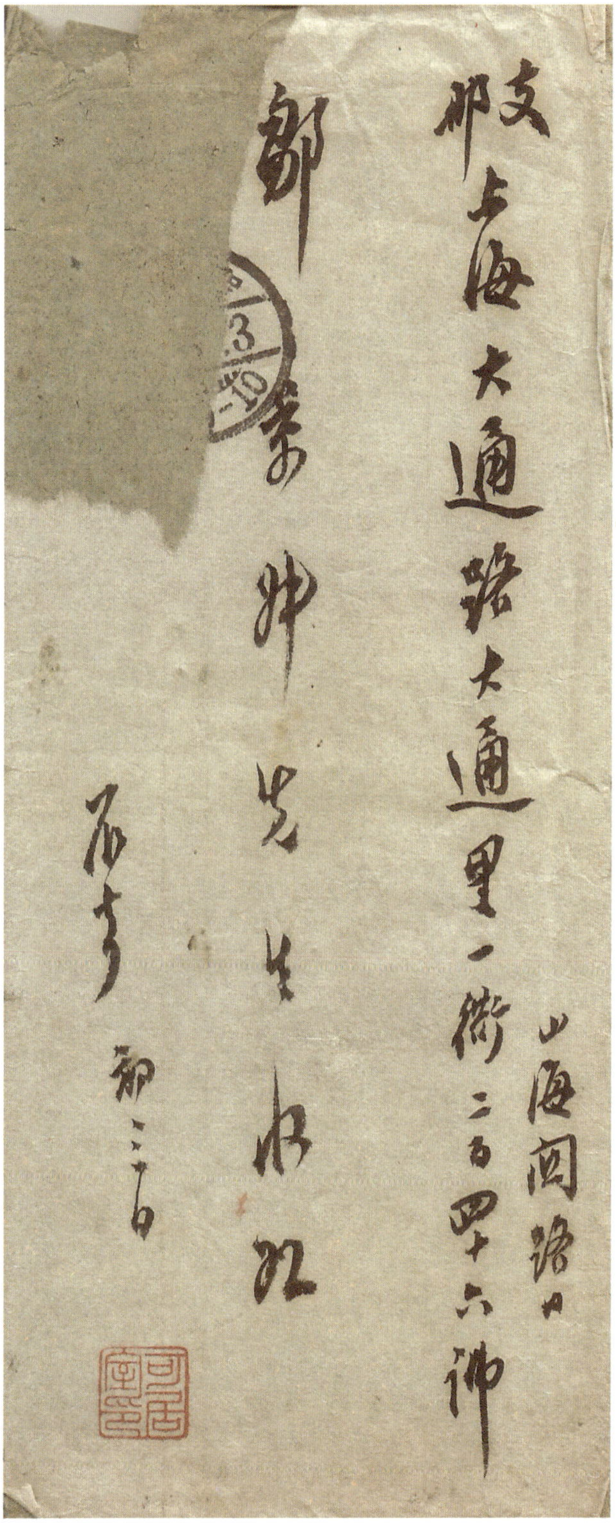
支那上海大通路大通里一衖二百四十六號
山海關路口
鄒景叔先生收
初二日

## 丙辰九月初九日　民國五年（一九一六年）十月五日　京都

景叔先生閣下：奉到
惠示，並
示地券印本，謝謝。承
索《高昌壁畫》及《石鼓文釋》，《石鼓》乃石印，所費有限，《高昌壁畫》以價昂
僅印百部，
公需此，不必交價可也，即當覓寄。哈園之事，　靜翁有信來問行止，已逕復之。此次
渠之就聘，乃弟勸駕。弟為贊成學術之故，非贊成該園。　靜公品學，當世無其人，今之亭林也，弟生平最畏敬
者。今年與哈相處，委曲至矣，而其所以受此委曲之故，則因
公之介紹與弟之勸駕。今弟不願以隨侯之珠為彈雀之用，哈園事事
不履行條約，妄干涉撰述之事，稾不付印，印不應期，脩金亦不案期
致送，此無與之共事之理。請
明告該園，自此信到日，即為　靜公與哈園決絕之期，以後撰述之
事，　靜翁全無責任，哈園別求他人可也。此次哈園尤為妄誕之事
在干涉撰述。茫茫天地間，通學術者有幾人，豈略識之無者便可

[illegible]

妄肆簧鼓哉！　靜公光明磊落人，不慣與此輩相處。
公以前之介紹，固亦不料其荒誕至此。今
公既將潔身而退，想亦應有不可處者在耳。　靜公遠道就聘，
在該園因不能踐履條約，致在約期内解約，以理言之，該園應負
賠償之責，然　靜公猶潔定，不以此責該園，請
告園放心可也。專此奉復，即請
著安　弟振玉頓首　九日
再，弟此次干涉　靜翁與哈園交涉之故，乃　靜翁就聘由弟勸
駕，非横生干涉，合並聲明。又啟。
嘉靖鏡請　示價。若有有年號鏡，祈
介紹。至感至感。

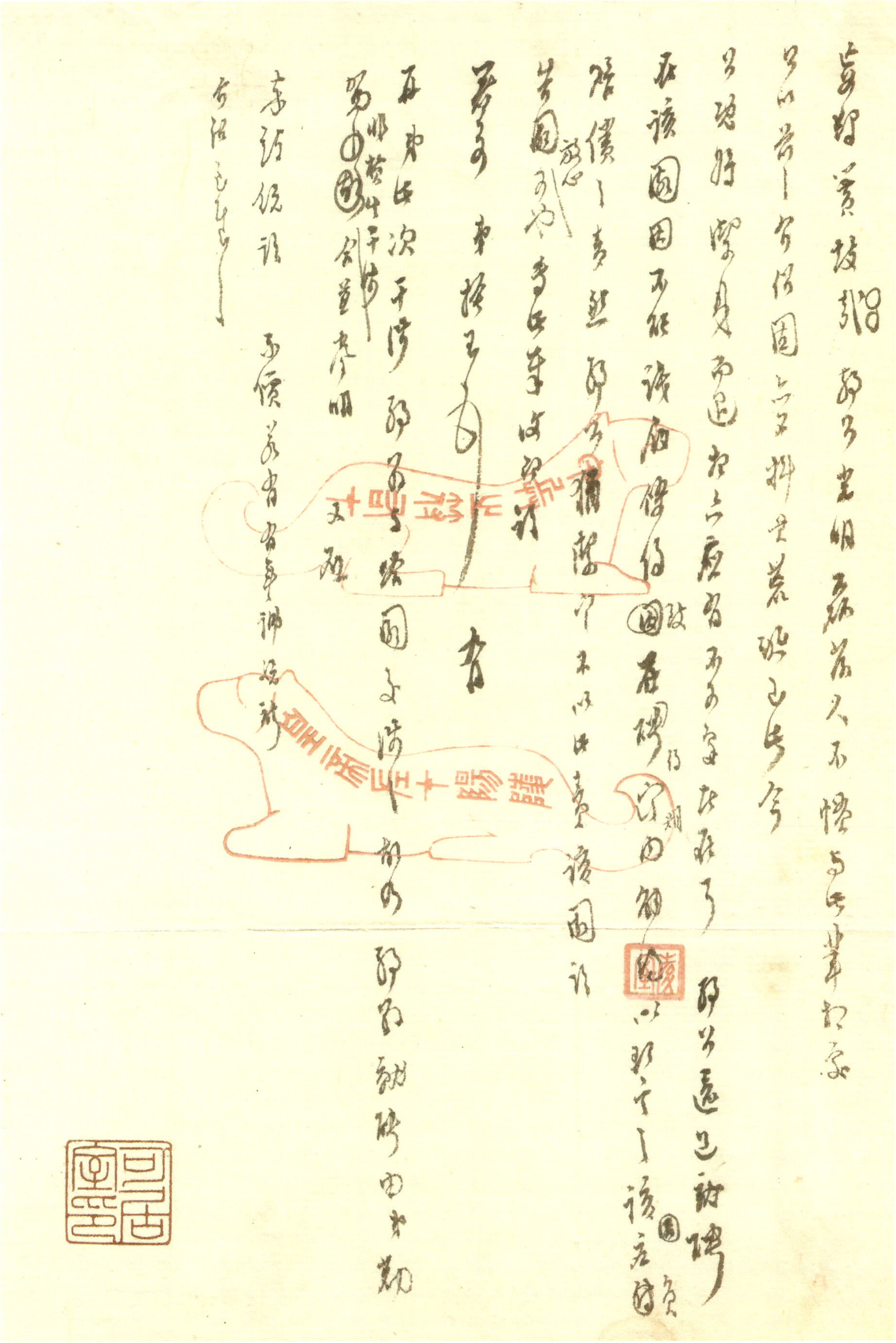

貞松賢弟足下：昨寄呈明器影本，不悉已收到否？
弟以前所借圖六冊，今將寄還，已令
弟將陶文寄還，即六扇當可到，弟寄還之磚
至該圖因不能識，原磚仍圖存磚，仍須由弟即以影入該圖，專
務請一並寄下，至精當，仍來以此書讀圖記
其圖可否，考古學會將
弟可專接王書
再，弟此次千濟即弟處圖及法帖，即弟所勤勞由弟勸
弟此圖，叫弟所干濟，所並甚明，又經
專訪領請　　弟頃弟書當無時勿請
台安不一

支那上海大通路山海關路口大通里弟一街二百四十六號

鄒景叔先生台啟

羅寄　九月十一日

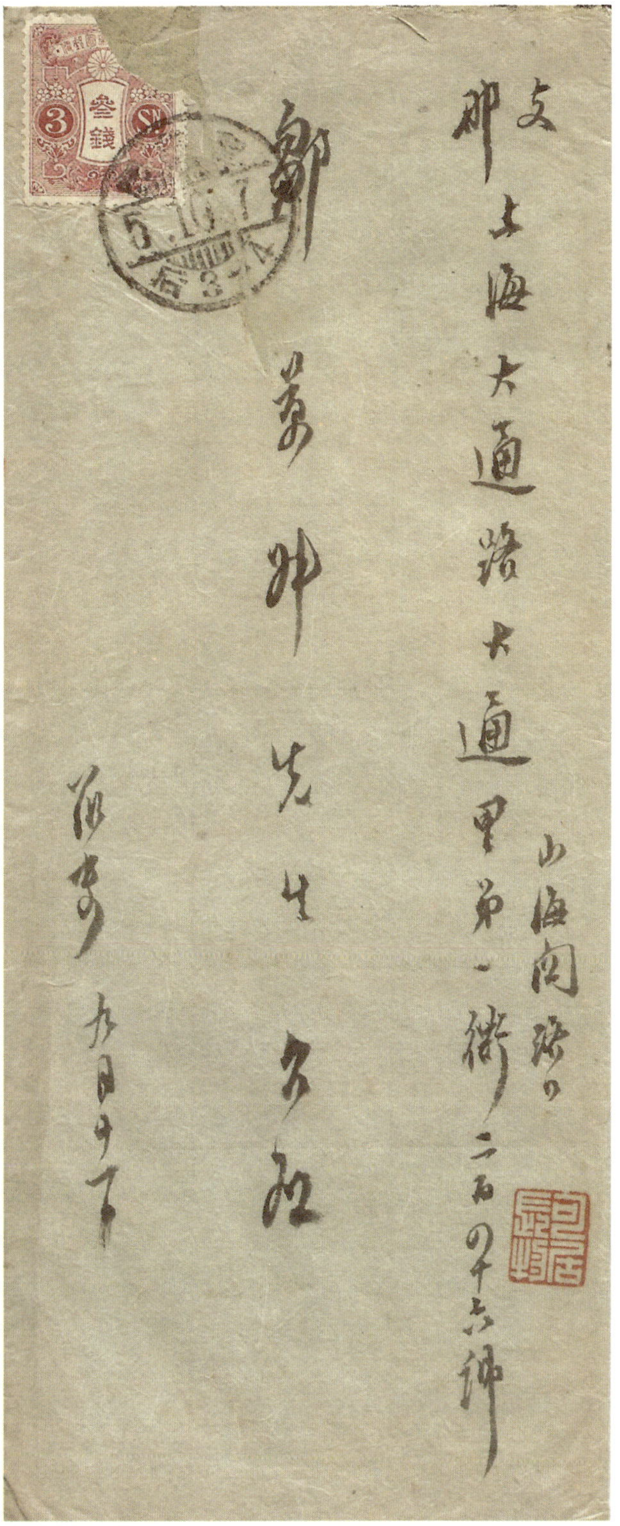
支那上海大通路大通里第一衕二百四十六號
山海關路口
鄭蘇戡先生台啟

# 致龔心銘一通

頃奉
賜示，兼拜
隆貺，謝謝。印文當一考之。附呈日本宇治橋斷碑一紙、日本唐招提寺瓦拓本一紙、元移相哥大王印一紙（此印已著入拙著《淮安金石録》中），祈
擙存。弟行期在廿四五之數，再面談一切。此請
景張先生道安　弟制振玉頓首

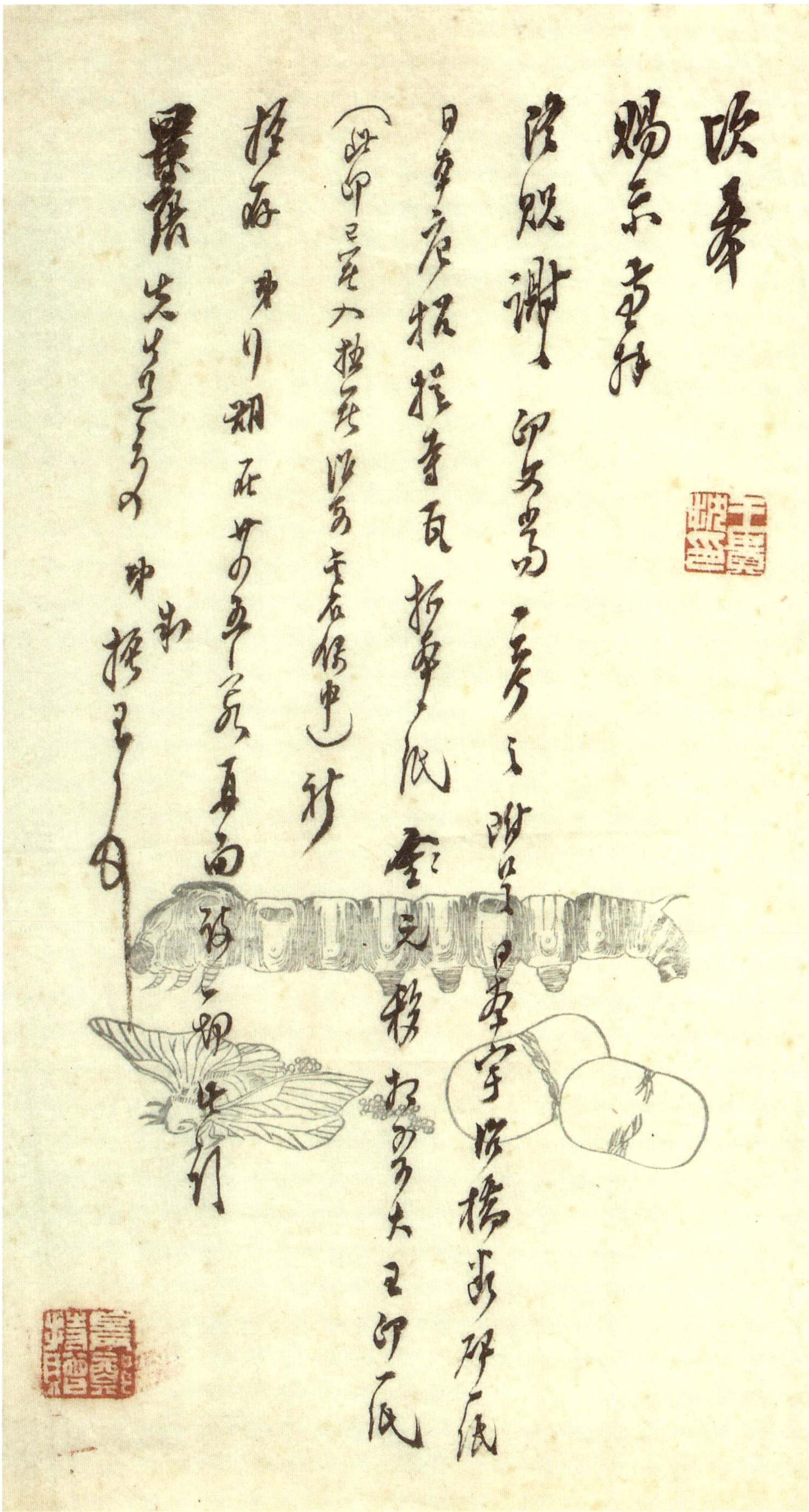

# 致方若一通

藥雨先生有道：久不奉書于

左右，因道途碌碌，非敢慢也。昨返寓小憩，比不審

起居何似，近得何古物，至以為念。近新京出北宋錢數萬，多常

品，惟至和篆書至字有作者，為《古泉匯》所無，不知

尊藏有之否？又蜀王衍之乾德，是否罕見，價值若干，以前弟未見過，東人以為奇品，洵然否？又遼錢中之咸雍、

壽昌、乾統此泉已破損「統」字之半、天慶，價值若干，乞

示知。東人有此錢，適為寒齋所無，欲購得之也。此申，即請

著安，維　新寒珍重　弟玉再拜

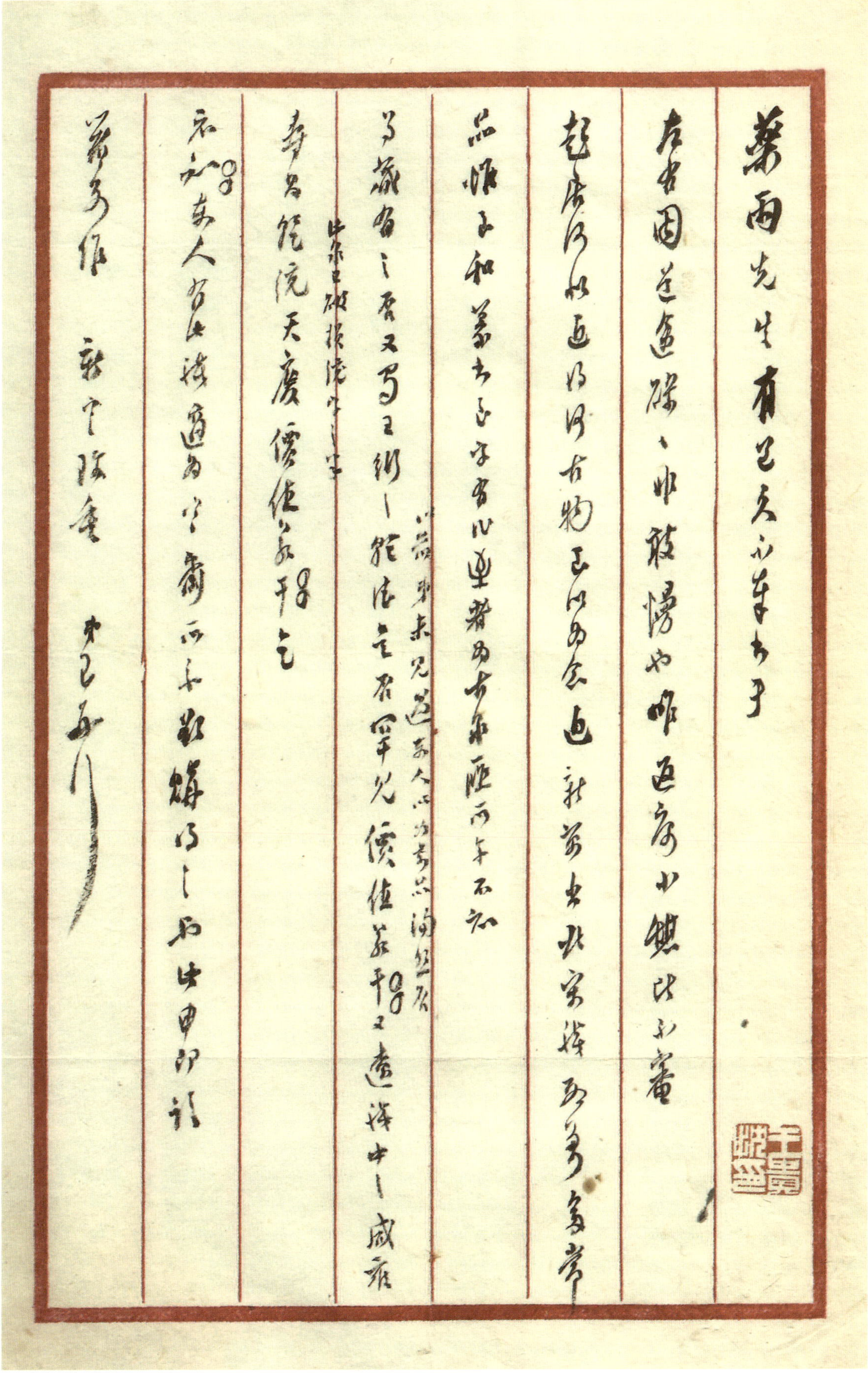

葉雨先生有道：久不奉手，
想因道途阻隔，非敢懈也。昨返家小聚，比示審
起居增勝為頌。近得古物五種，不知新安出北宋諸器多常
品，惟王和[illegible]字當以璽[illegible]為古泉，雁而年不知
[illegible]藏者之甚。又見王獨一種，[illegible]尋常[illegible]價值[illegible]千[illegible]，又遠溯中之威[illegible]

小[illegible]未見遠[illegible]人以為[illegible]流[illegible]

[illegible]名[illegible]

[illegible]價值以千[illegible]也

此[illegible]破損[illegible]字

不知[illegible]人[illegible]意為[illegible]而[illegible][illegible]此而印[illegible]

[illegible]作　敬[illegible]

[illegible]

## 致吳保初二通

### 上海

彥公有道鑒：弟今晚赴揚，匆匆不及走辭。前言佐伯君下榻尊處互習語言一節，已承定議，但何時至尊處，乞示為荷。此請道安　弟振玉頓首

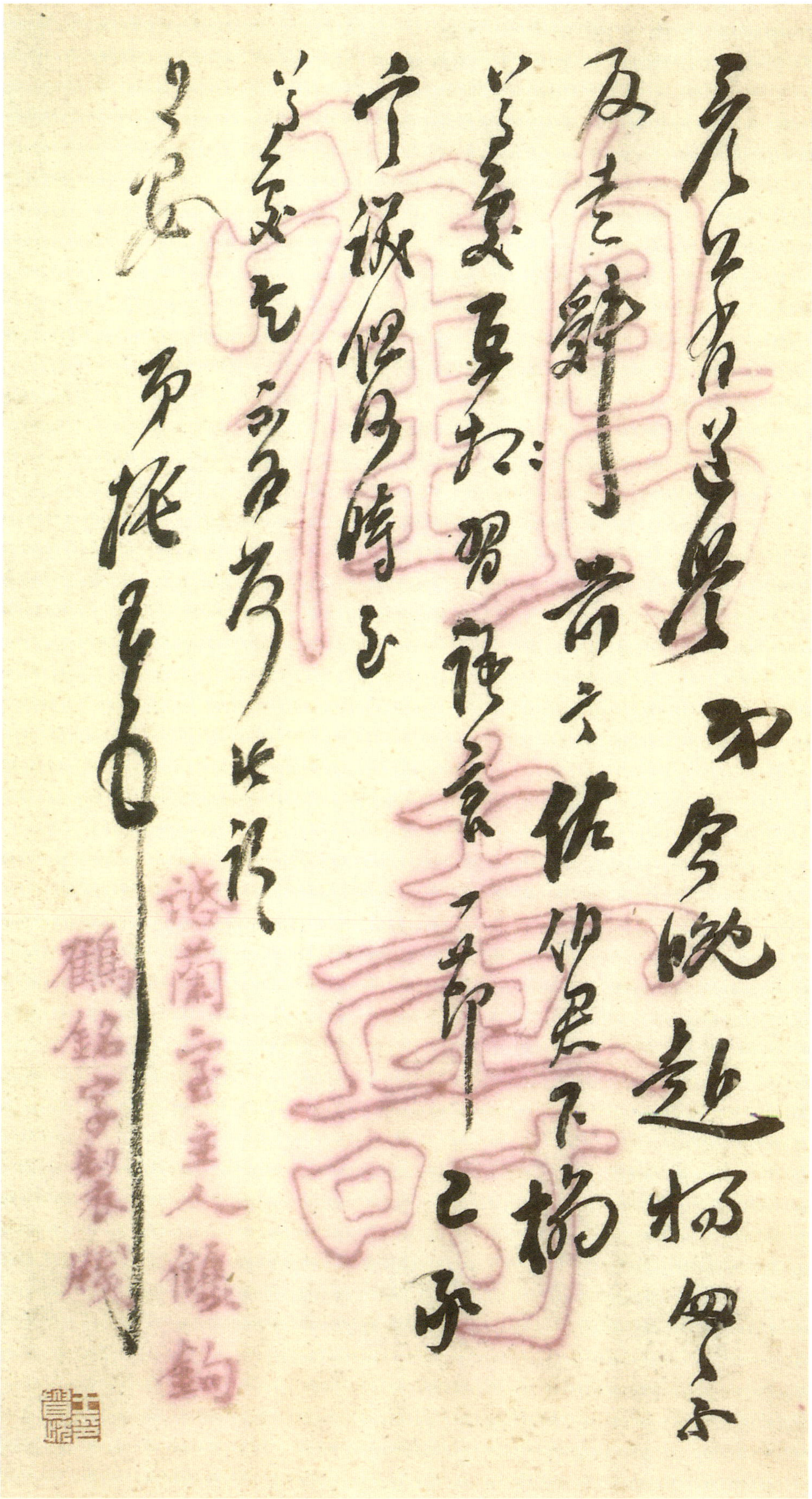

## 天津

君豢先生有道：奉

示敬悉。洋銀三十元照收，舍親尚有求益之意，弟贈宋鐵泉數枚，了此事矣，其餘各泉尚希

早日退還，因都中泉值高于津沽，可就近售

之也。沈貴承

代薦一事，感感。

近得何嘉泉？范君處之差布、中布、壯布，

諸君定為贋品者，千祈

屬范君送來一看。費

君蘭先生有道：奉
示敬悉。尚欠三十元，（前寄上之碑帖求茲之宋本贈與錢君，照價扣下）嚴君所收秦印，
異日返滬，因鄙（中）東住高平，津沽不能返滬，皆
之也。此頌著祺。
錢藩一函乞轉交，
再顧嘉泉兄書，晤時中為致意。
諸君子均為致候不另。
弟振玉頓首 一月廿八

神至感。此請

道安　弟玉頓首　十七日

弟欲得一三件，求之不得，公能為弟留意否？又敢

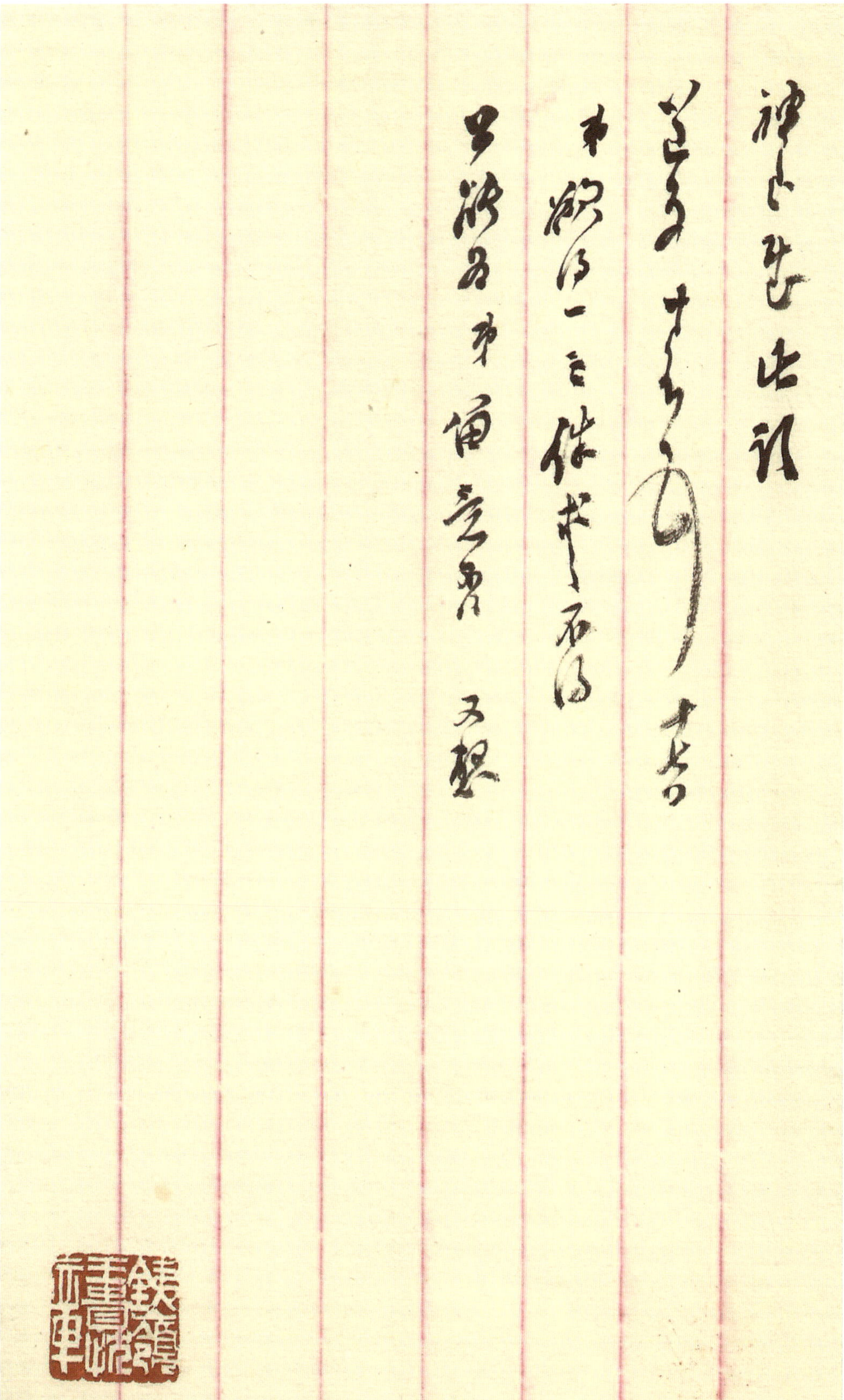

# 致寶熙十四通

## 癸丑八月十四日　民國二年（一九一三年）九月十四日　京都

沈盦大人鑒：昨函想達
左右。《石室逸書》付郵，乃僅受一包，其他一包云太重
不能寄，實則冊數重量並相等耳。兹將此一包託
舍親范君攜津（約一星期外到津），由董授翁加函
送劉牧師處，請屆時
飭人往取可也。承
詢張書《元靜先生碑》，玉曩在南中以二百元得之，
在當時已屬極貴之價，在今日恐須三百元矣。日稅關未

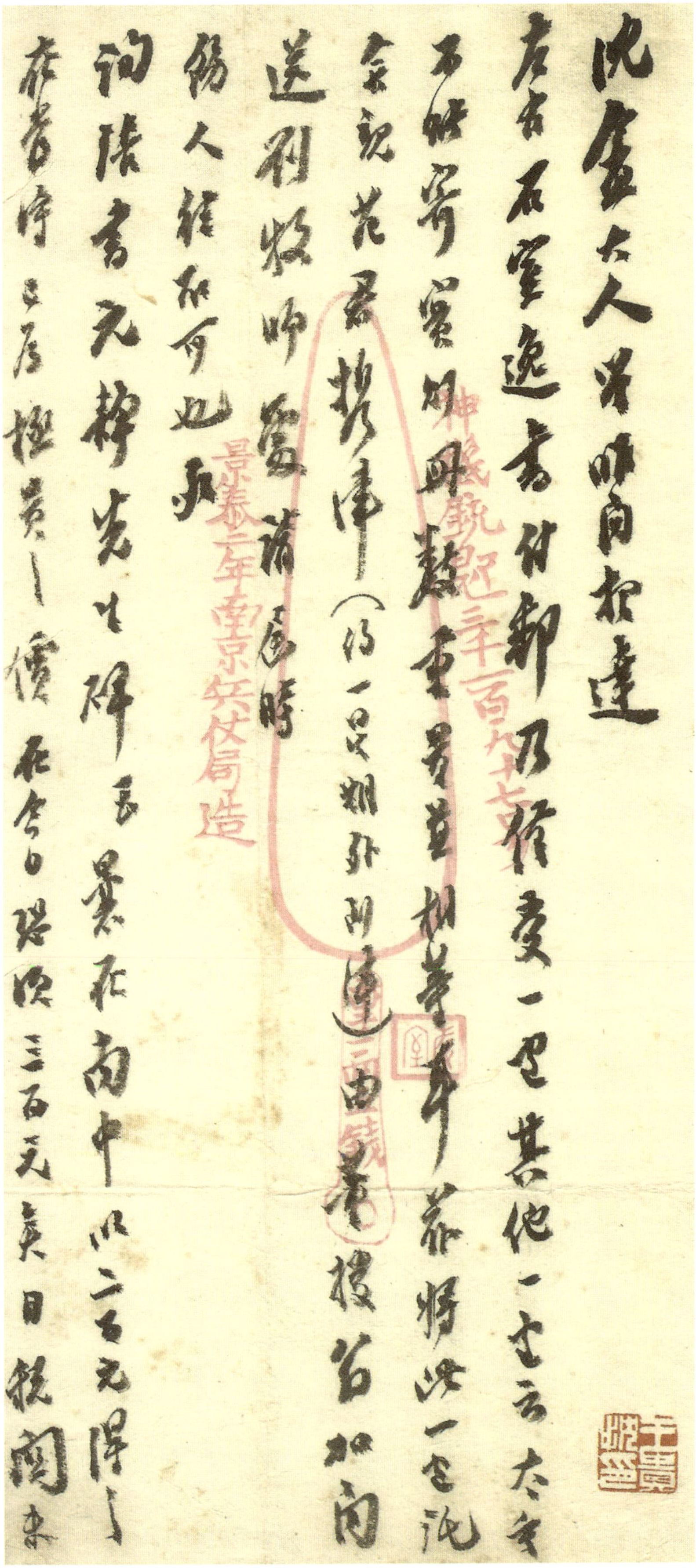
景泰二年南京兵仗局造

聞苛查書畫之例，但攜來不易銷售則至確耳。

喬茂老近寓何地，近狀如何？甚念甚念，茲有書求

飭送，至感至感。

台從如來此，求

署携食料來，此間有下榻之地，而飲食材料至單

簡，恐不堪

下箸也。專此敬申，虔請

道安　振玉肅啟　中秋前一日

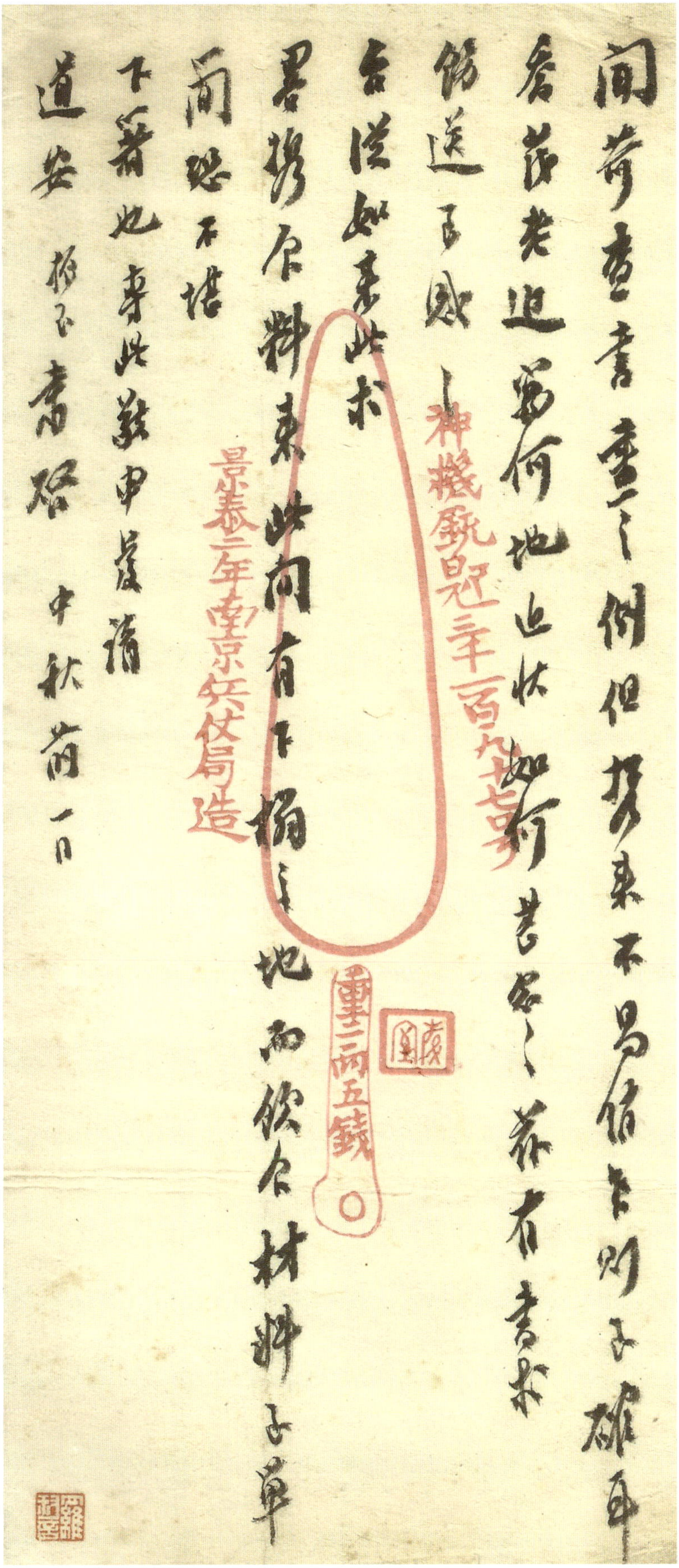

聞前寄書畫之例，但拓來不易得，今則更難耳。
香蓀老近寓何地，近狀如何，甚念甚念。蓀有書來
飭送，至感至感。
台從如來此，求
君搜尋材料，來此間有下榻之地，而欲令材料子華
聞，恐不諧
下著也。專此敬申，覆請
道安。振玉肅啓 中秋前一日

## 癸丑八月二十五日　民國二年（一九一三年）九月二十五日　京都

沈盦大人鑒：昨奉
示，敬悉一切。亭林書冊尚未寄到，蔣某則豪
無消息，此種人必靠不住，而
來示疑玉收到未作復，玉不如是之疏慢也。請
作函告蔣某，請其郵寄敝處，否則恐無送來
之日矣。若必俟其親自送來，必曠時日，且玉亦不
願接此輩也。《石室佚書》前郵局寄出一包，尚有
一包斤兩不合郵則，本意託舍親携沽，乃舍親亟欲南旋，書尚在此，

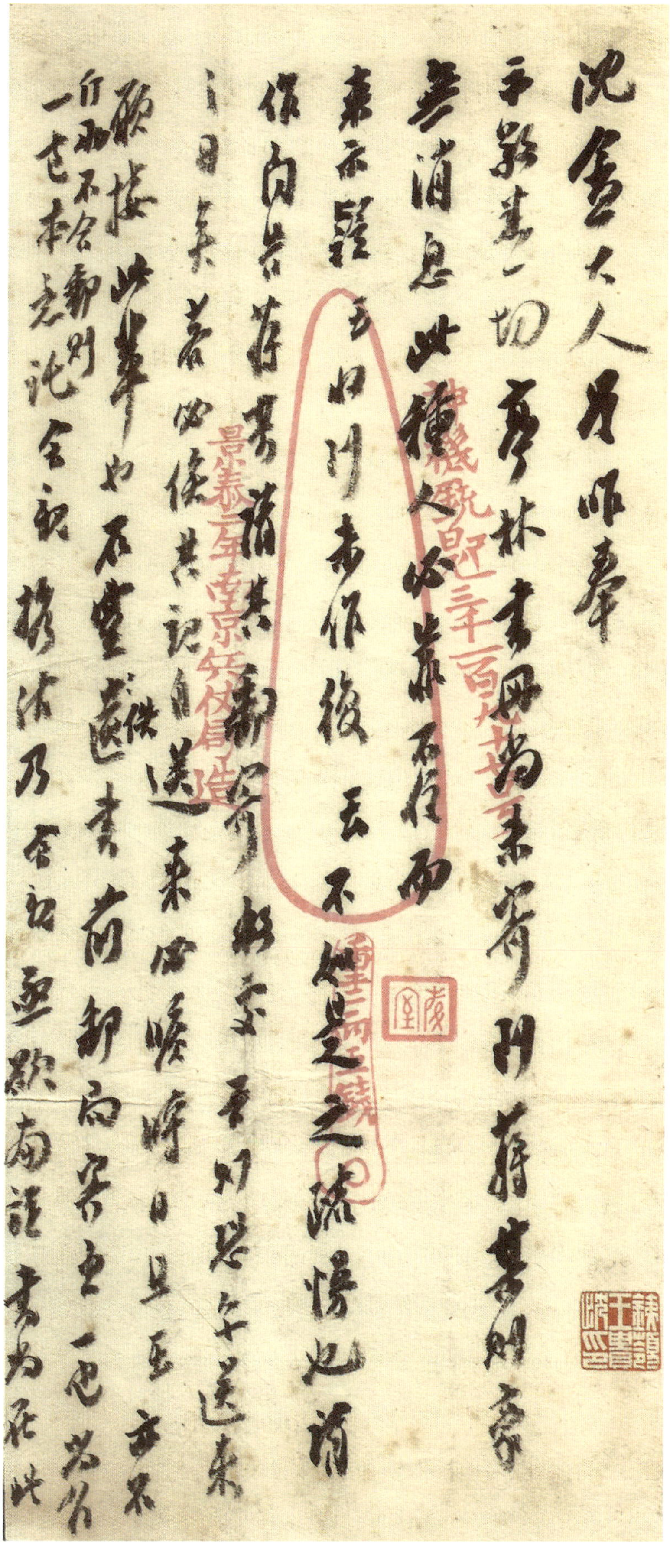

擬一二日内付郵。病足逾月，現尚未平復，未能執事
如常。博文堂《石鼓》已送到六分，每分價七元五角，乃
照其定價減半（原定十五元，目録附寄，發票附呈），當與《石室
書》同寄，到時祈
撿入。玉今年上半年溫經，長夏校印《石室遺書》，
秋間病足，家人亦次弟患感冒，心緒甚劣。加以財
力空匱，一家十口孤懸海外，無歲入之常欵，餓死
分也，故亦不以為憂。所苦無傳古之力，學術有待於我輩

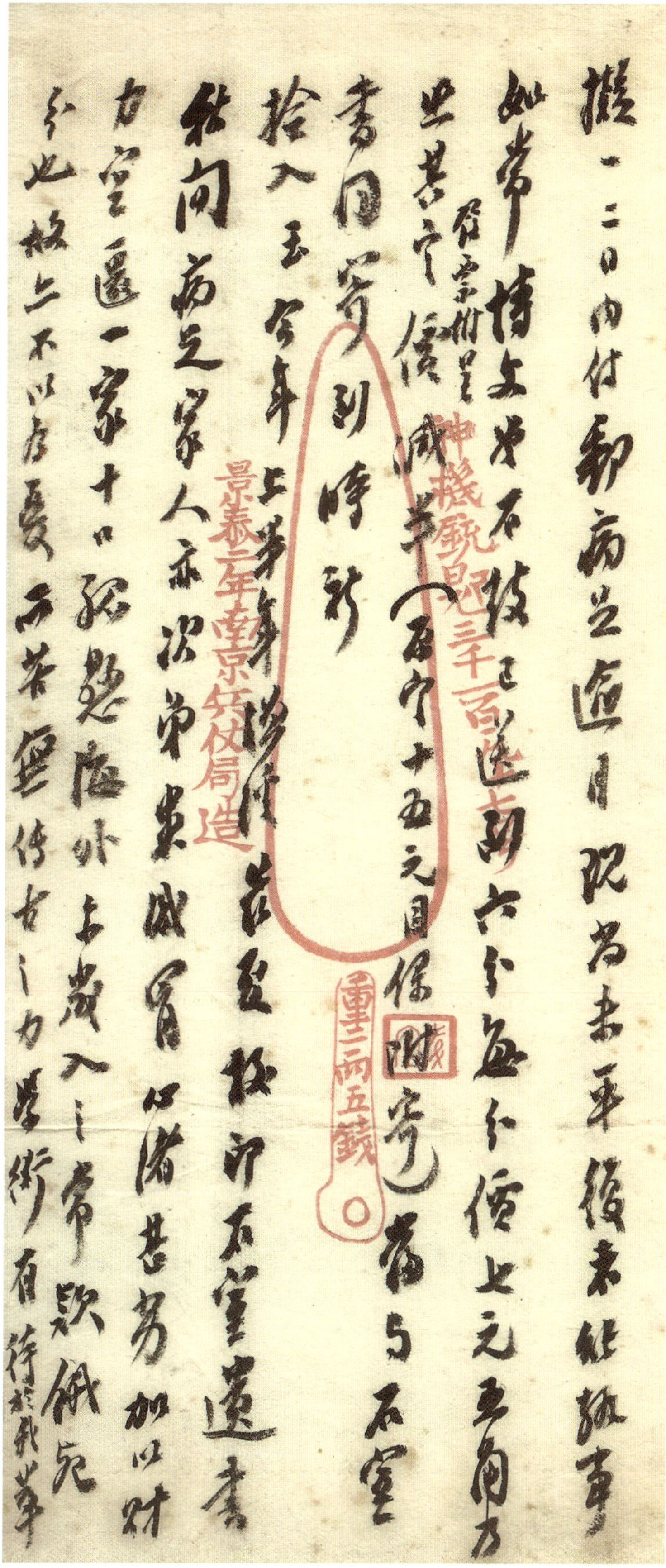
景泰三年南京兵仗局造
重三兩五錢

傳續者不少，半生所畜古文字與考古之資料頗多，願一一編印傳世，今年《石室佚書》外，刊《秦漢瓦當文字》二卷及《齊魯封泥集存》（不分卷，專補吳、陳二家《封泥考略》之缺，約兩月後可成）二書，力已不能它及矣。若今年所印各書，可以售出成本，將以此欵印《殷商吉金文字》（約六卷）、《敦煌石室遺書》（諸經諸子《文選》之類）、《芒雒冢墓遺文》（三卷），不知明年能償此願乎？此外待刊者十倍于是，但有以沒世為期，成一種是一種耳。時局無可言矣，以此身為學術之犧牲，

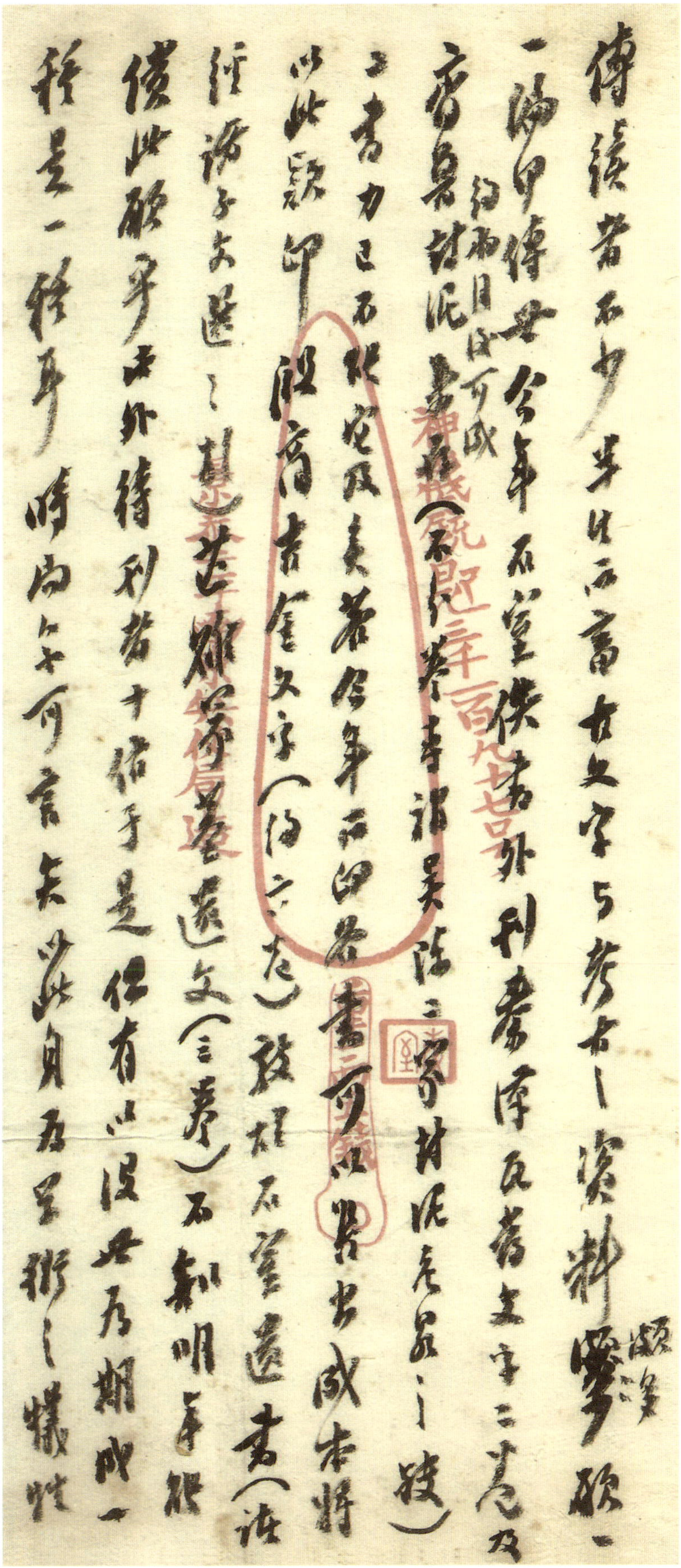

其佗嗜好（指收集書畫古器）一切屏絶，以節物力。亭林書冊極願得，但空囊羞澀，不知光君能畧讓價否，尚乞示遵。承

詢東國抽書畫稅甚嚴，尚無此事，但無銷售之法。平泉書屋藏畫展覽三日，四百餘件未售一幅，此其明徵矣。肅此敬申，虔請

道安　振玉肅啟　二十五日

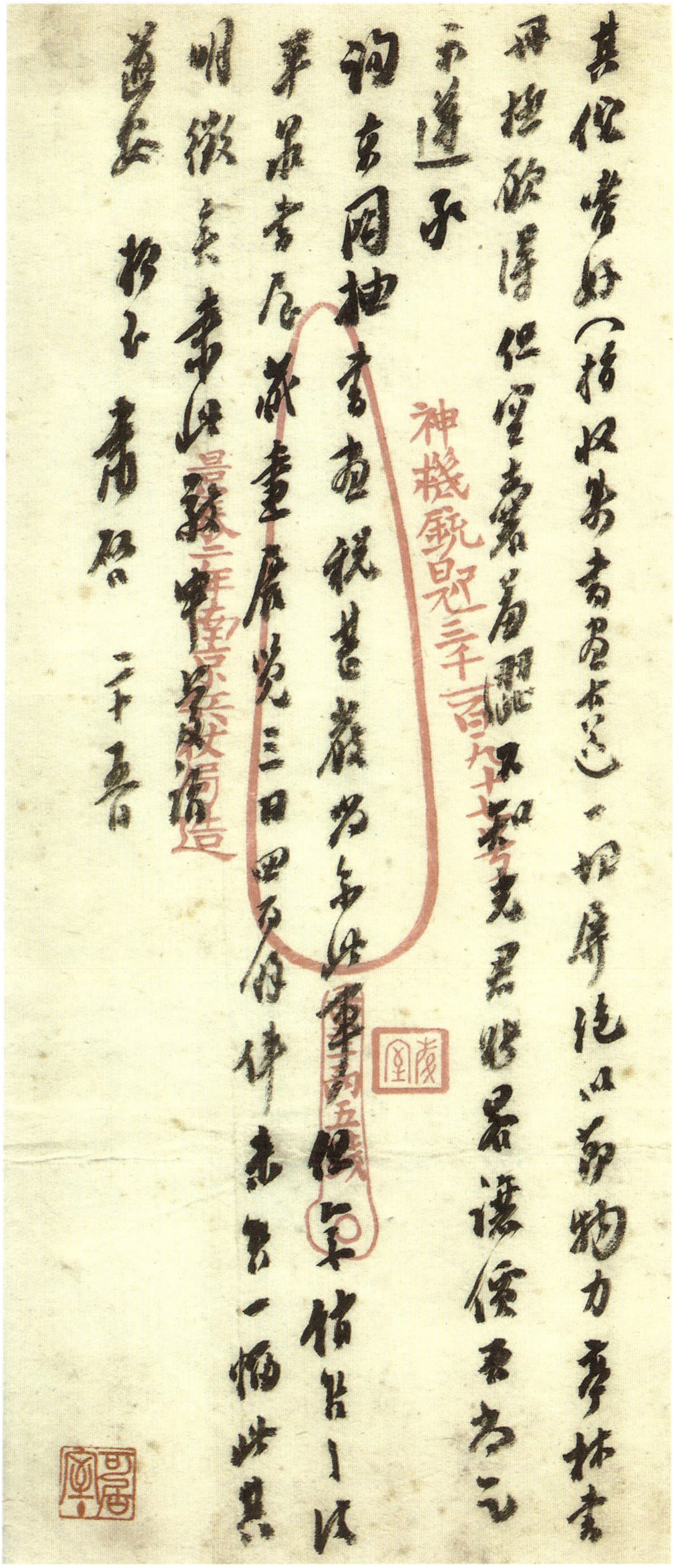
其價昂，好（指收藏古器言之）一切屏絕，以節物力。亭林書
再懇欲得，但望寄著，尚聽不知若先君時曾謀價，若為之
示遵。
詢京國抽書畫，樣甚蔬，均無此樂，五錢但值片，江
華昂，書亦藏畫，居覺三日四百得，但未求一幅，此其
明徵矣。專此敬請
道安。拜上 青啓 二十五日

## 癸丑十月朔　民國二年（一九一三年）十月二十九日　京都

沈盦大人鑒：前函計達
左右。匯奉顧冊價百圓，計亦奉達。頃奉廿四日
手教，敬悉一切。　貴友某君轉寄之書畫十件至今
無消息，此人既與
公契好，當不致有誤，但玉則實未奉到耳。此間售物不易，
故授公轉携書赴滬，即萬一　貴友寄到，恐亦未能濟
尊處急需，若須以時日，或十售一二得以報　命，為幸已多矣。玉今年財力盡于印書，不能如前者之墊欵，如何
如何。又奉
示，言印書太貴云云。若能賤印，可多刊古書，詎不甚願？惟此等
書非精印不可，此次《佚書》百部，印價二千元有奇，已算極廉，比
較四五家，均貴於是，此次又係照本定價，全數售出恐尚畧有
虧損，不能再貶價，亦無力再印，而購書者不知印書者甘

沈庵大人足前，前計達
左右，匯奉願册價百圓，計亦奉達。頃奉世[illegible]
手教，敬悉一切。貴友某君轉寄之書畫十件，至今
無消息，此人誤與？
出與好看，不致有誤，但弟則實未奉到耳。此間貨物五萬
如獲正精拓書，趁滬即寄一 貴友寄到，既無未收清，若得以時日或
十二年一日價以秘 命乃本之多矣
尊處急需，至今年財力盡于印書，殊如前者之整款如何
之不等
亦于閒書去，貴者亦甚難，購何可多利，古書雖未甚錢，雖與等
書山縣人只五百，此次價書多辭，印價三年元有有之壽，極廉計
較四五萬均貴於日之，此次四本之價，金數客未售為累，有
尚損不能再賠，價亦無力再印，南歸書籍不知印書若干

苦如此，可歎也。近作《鳴沙石室佚書序》，寄呈鈞正。其中多牢騷語，亦道其實耳。此文不欲多示它人，故不裝書上，亦未多印也。《封泥》《瓦當》約下月可印成，然亦但有如敝序所云，藏之以慰幽獨，不欲再寄京華，致啟多口矣。先將序文二篇呈奉，一靜安所作，一玉所作也。授翁啟行已十日，返東約在月末或臘初，承詢敬陳。肅覆，虔請道安

振玉肅呈　十月朔乙夜

再，《封泥》《瓦當》成後，若尚未枯槁以死，則印《歷代官印集存》。金石之學，其中最未發達者為印鉨學，其有裨于官制、姓氏、地理、小學者不少，擬分端以考究之。紙有餘隙，並以奉聞。又啟

恭如此可歎也近作兩月不宜供書局留呈
約正其中多半驗證亦道其實再此文不欲多作居人均
不應發書上亦未多印也封泥約下月可印成並亦但有如松序而（良否）
亡藏之以懸此指不欲再寄（序摹）跋語多且長先將序文二篇
呈奉一擇安而後一王而後也擬即啓行已十日逕來約在
月末或臘初承
詢敦煌古籍考證
道安　振玉書呈　十月朔七夜
再封泥只有成後若留來拓稿只見則印成後即寄存
金石之學其中實未發達者有印譜學其有稿未完刻姓氏
地理之類著述之尚有積壓無以奉
聞　又啓

更無人處拓窗看　合并渠儂耐夜寒　多謝一弦雲與月　却教疏影到闌干　稚柳作

## 癸丑臘月望　民國三年（一九一四年）一月十六日　京都

沈庵大人鑒：前函計達
左右。兹由郵局奉寄《敦煌》全書四分（計二包，前函誤書三分），祈
撿入。又《齊魯封泥集存》一册附贈，祈
教正。此書成本，每部二元七角餘，故定價四元（須去經售二成），
都下必嫌貴，故未託
寄售也。授公行未？渠寓中頗有事，玉函促其歸一料理
之，乃不作一復書，可謂能忍事矣。請
郵寄之　宸翰，千祈
早付郵，並示價，寄到即繳欵不誤。肅請
道安　振玉肅上　臘月望

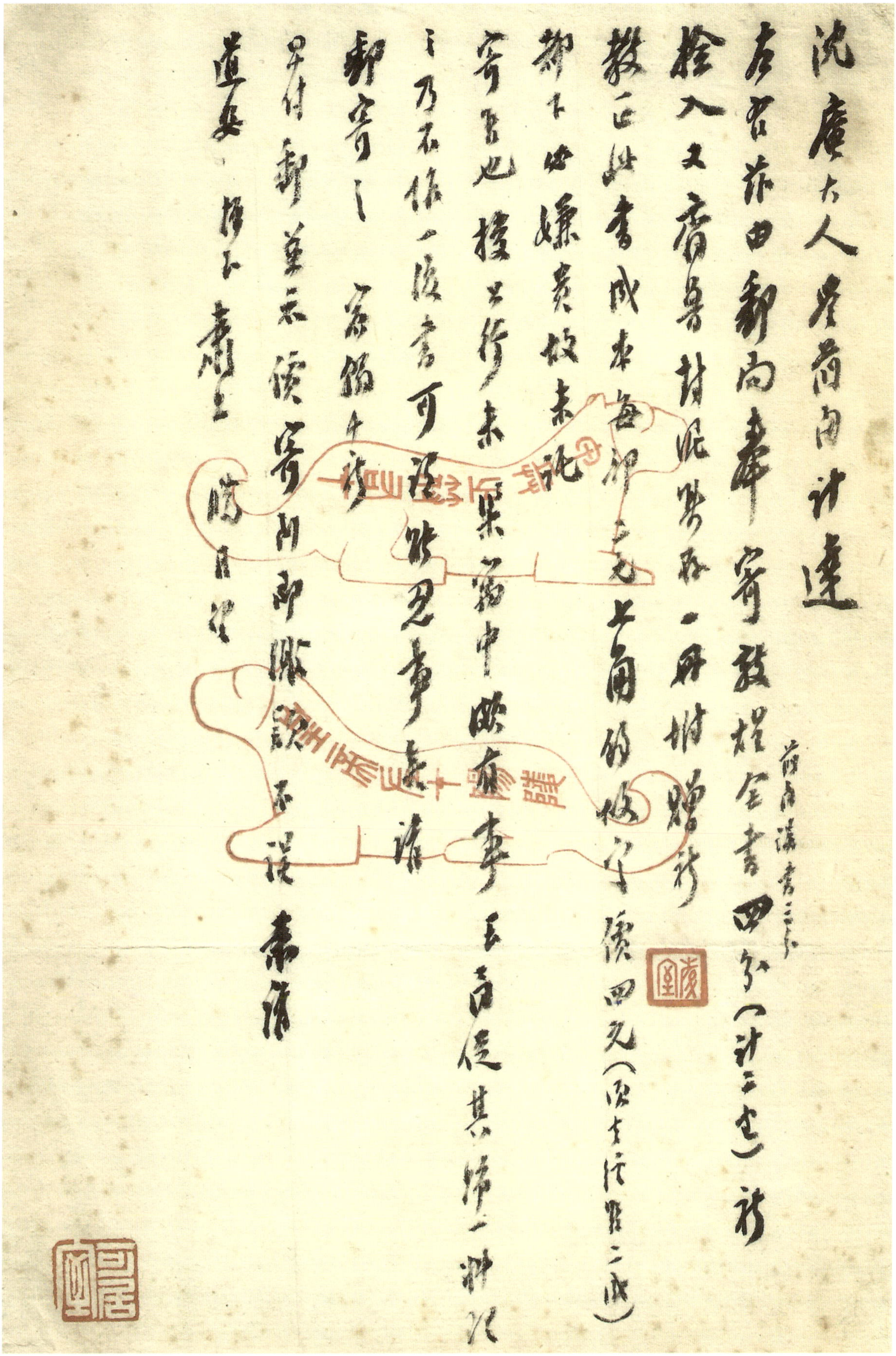
沈庵大人足下：前日計達
左右。昨由郵局奉寄敦煌全書四部（計二包），祈
檢入。又《齊魯封泥集存》一冊，撰贈，祈
教正。此書成本每部三元七角，約收價四元（照七折實二元）
郵下。此必嫌貴，故未託
寄售也。據云行人來，某編中殿本事，王君自從其歸一冊泥
之乃不傳，一俟書可獲，能見事，再請
郵寄之。前錄七行
早付郵，並示價，寄此即號，諒不誤。弟請
道安。 振玉頓首 ……
前所漢書二本

## 甲寅正月二十七日　民國三年（一九一四年）二月二十一日　京都

沈盦大人鑒：前兩函想達

左右，以未得

復書為悵。玉近與王靜安兄考訂英人所得敦煌古簡，編為《流沙墜簡》三種，共六卷，關于考古，所得至宏。惟尺寸較大，玻瓈版印價益昂，勉印百部。全書一百餘頁，原簡用玻瓈版，考釋則用金屬版，每部成本須九元以上，現定價每部十二元，八折收價，裝兩巨冊，約下月末可以印成，先奉樣張二紙。都中共可售若干部，仍求

介紹以流傳之，以便印成時寄奉，幸甚幸甚。近作亡友蔣諮議墓誌，寄呈

鈞政，又一紙求

轉贈徐梧翁為感。肅此敬申，虔請

道安　振玉肅上　廿七日

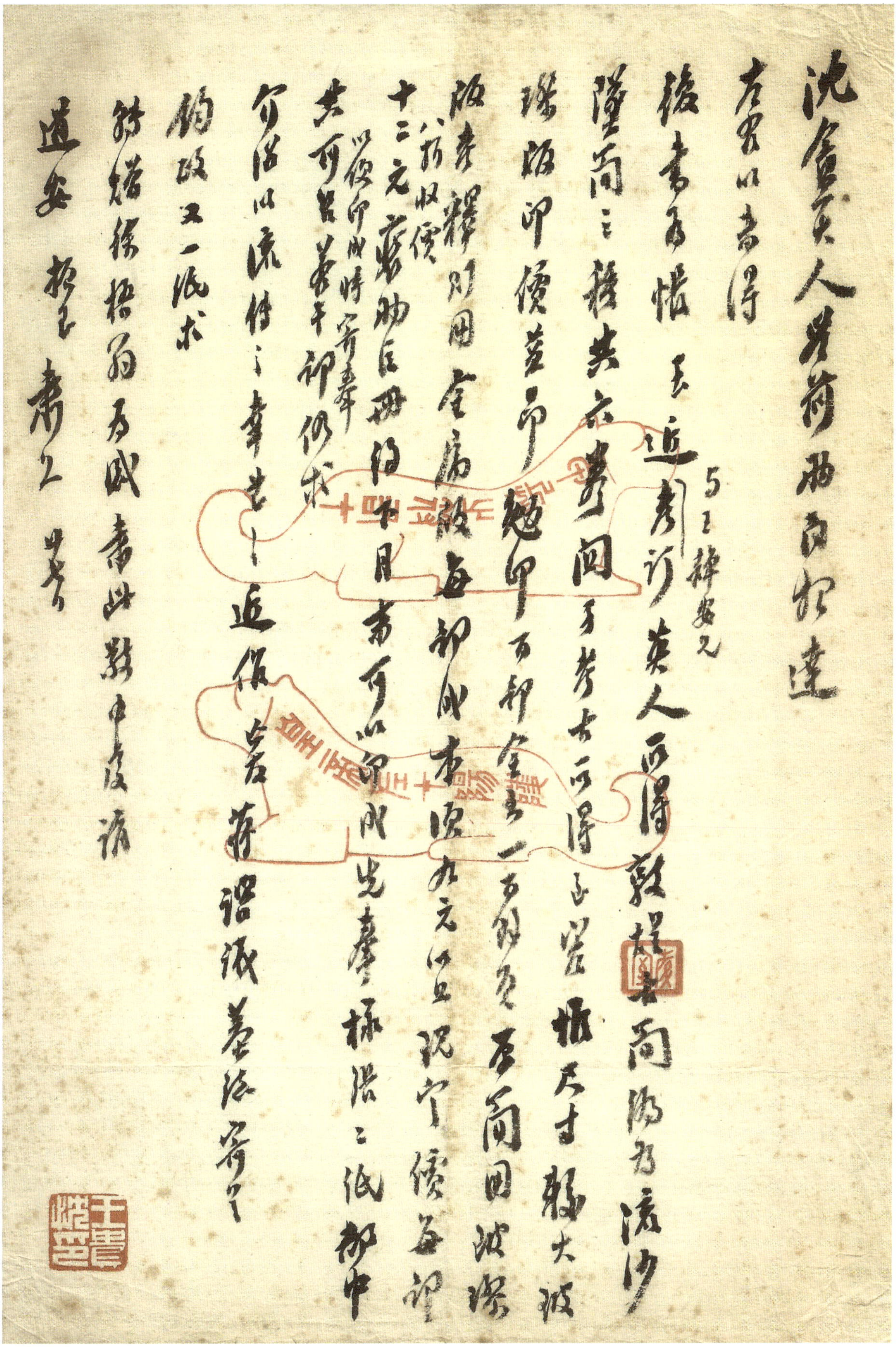

## 甲寅二月十六日 民國三年（一九一四年）三月十二日 京都

沈盦大人鑒：久不得
手諭，遠念方切，兹奉
來教，敬悉。都中患疫，小世兄竟染疫致殤，為之惋
悼。授經一旦下車，至今未有信來，此甚幸，若書來，
作答甚難也。靜安無回國之説，可共歲寒者，此一人
而已。廠肆潢匠陳冠文返國，曾託致一函，想達
左右。《流沙墜簡》本欲俟《考釋》印成同時發售，而此間及
滬上求之甚亟，故先售上册三卷（古簡照片），價六元，下册價同，計上下册共十二元。若都中
有欲得者，當寄奉不誤。
尊箑，山本竟無消息，兹擬塾匯八百元，俟售出扣還，以濟
尊用。但須在三二日後，因須親赴大阪匯之，此間不能匯寄，
而日來因寫定《墜簡》，須一二日方能竣事也。肅此敬復，虔請
侍安 振玉肅上 十六夕
承購
宸翰，至感，千祈早日付郵，至感。價
示知為叩。

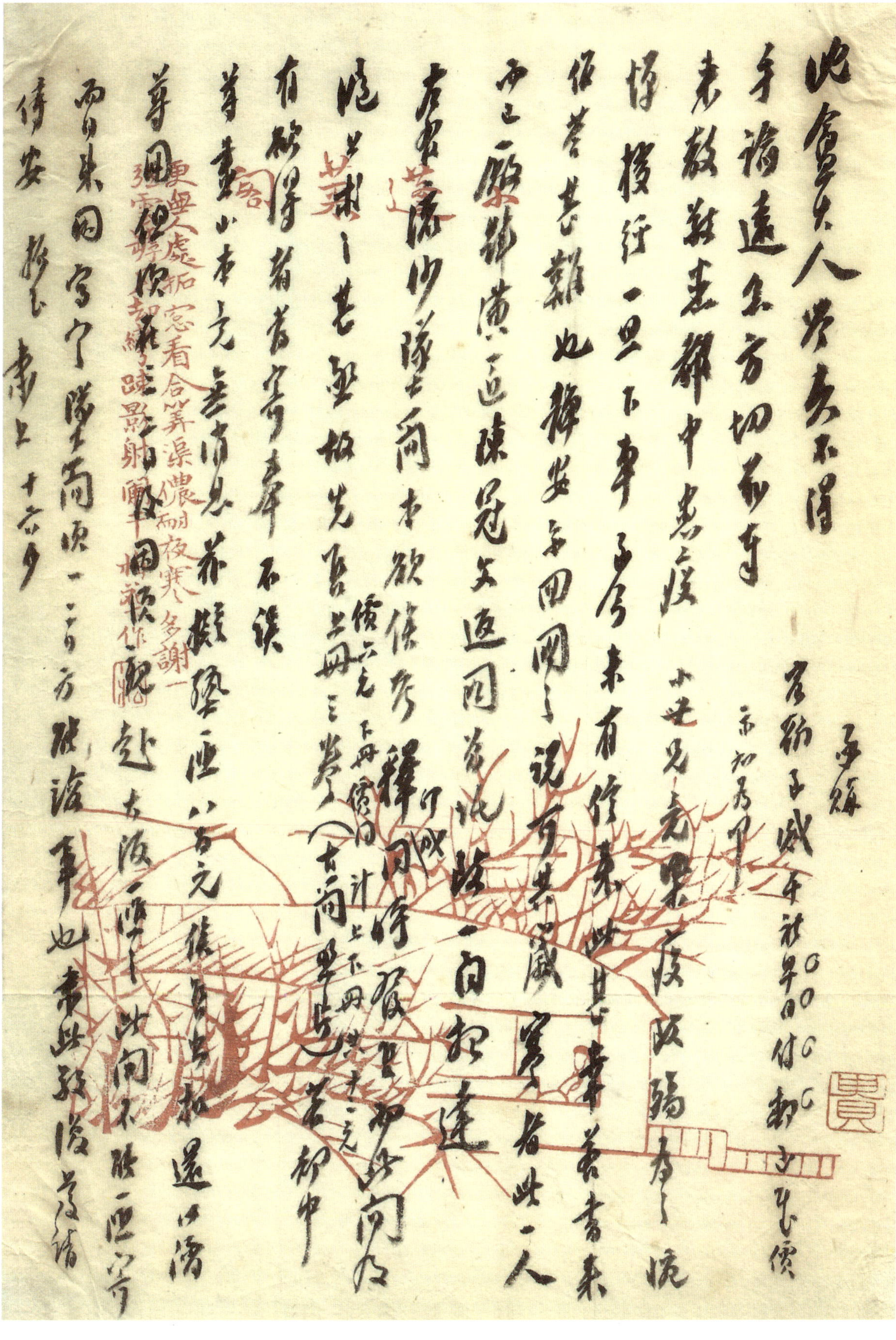

沈盦大人閣下：不得
手諭，遠念方切。前奉
來教，敬悉都中甚疫。（小女兒亦患疫，頃已痊）
[illegible]接行，一旦下車，[illegible]來有[illegible]此[illegible]著書來
似甚艱也。雅安無[illegible]回，聞說有其藏，[illegible]者此一人
西[illegible]一[illegible]演一區，陳冠文返國，[illegible]一白[illegible]達
[illegible]少[illegible]商，本欲[illegible]釋[illegible]內
[illegible]甚[illegible]先[illegible]三[illegible]（古[illegible]）著[illegible]中（價六元，下冊價[illegible]，計上下冊共十二元）
有[illegible]首[illegible]不[illegible]
尊書[illegible]先[illegible]並[illegible]一匣，八百元[illegible]還[illegible]
尊[illegible]大[illegible]一[illegible]，此[illegible]不[illegible]一匣[illegible]
西[illegible]來[illegible]商[illegible]一[illegible]方[illegible]事也，[illegible]此[illegible]請
侍安　[illegible]上　十六夕

## 甲寅九月二十五日　民國三年（一九一四年）十一月十二日　京都

沈盦大人鑒：奉
示敬悉。帖事費
神，至謝。范君書來，言《閣帖》首末二冊已由授經向韓取得，即
攜歘至
尊處取它八冊云云。玉函韓囑交
尊處而不交，授經乃逕自往取而遽與，深不合作事條理。兹請
向韓索宋拓《聖教》，兩次致渠函中皆及此事，渠既不交帖亦
不復玉函，不知何以孏慢至此。其售書如何，亦求

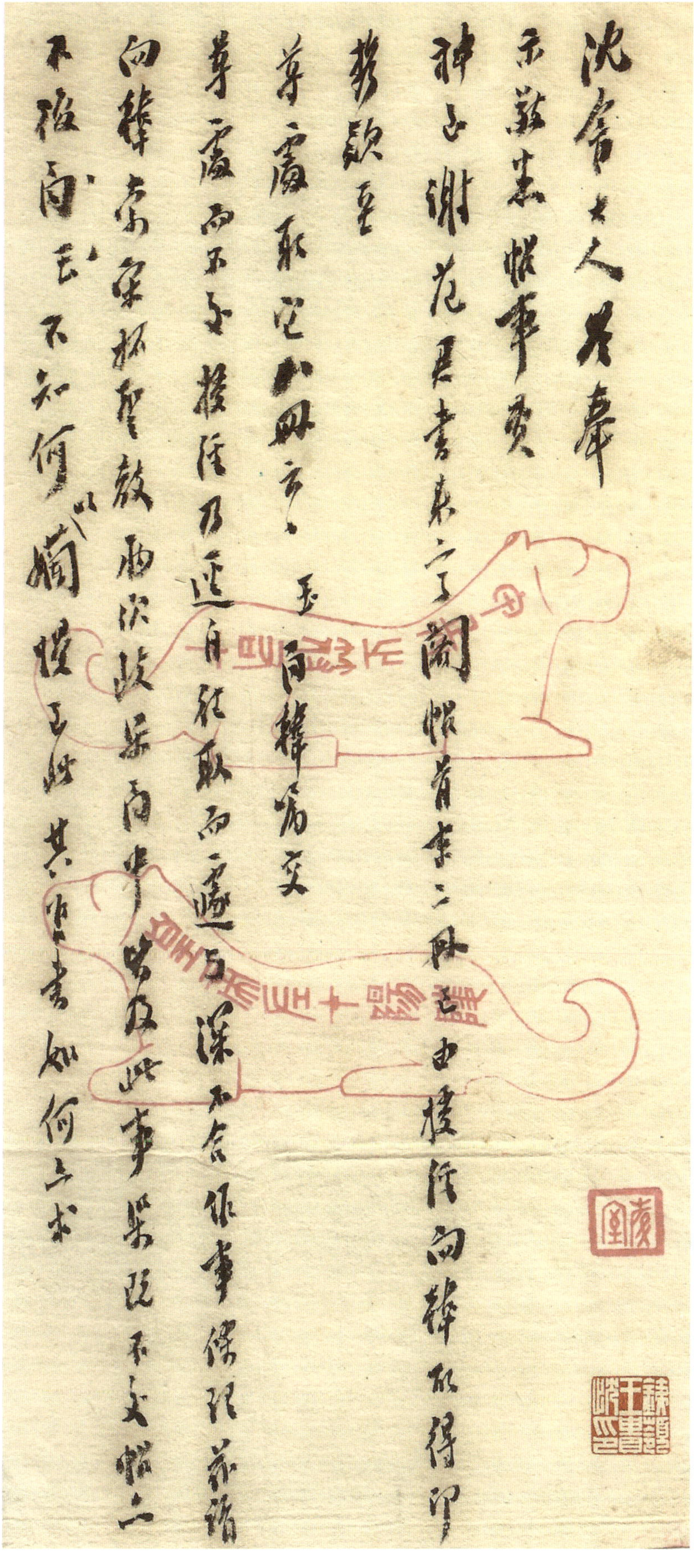

沈盦大人左右：
示敬悉。帳事爰
神已謝。花農書來言閣帳首案二册已由楼経向韓取得，即
敬頌 至
尊處取已册亦。 玉 再韓篇交
尊處而不交，楼経乃送自往取，而遂石深不合，緣事保障前語
向韓索取，殷數兩次，彼尚未送。此事累不少，煩之一
不復函，弟不知何以簡慢至此，其中書如何之求

一問，否則當收回也。千祈

破冗代為接洽，至感至謝。范尚未知八冊已寄

尊處，乞

函告授經持欵取帖可也。欵收到後尚須求

匯滬，為《國學叢刊》印費，俟得

復，再以匯交何人奉懇也。端忠敏藏石全分價係若干，

賜書幾百，百上一字不明，求

便示為荷。元鈔版既屬

篤好，玉不敢強，既已著録，則器之為己所藏否亦無關係，惟

一向吾兄當收回也。弟新
碩兄代為接洽，已感且謝。范為未知八月之前
尊處也。
自當撥款持款取帖，何如？款收訖後當隨求
匯往為圖。異書刊印最便得
後再以匯至何人辛譽也。福忠敏藏石全本價值若干
賜書幾百百上一字不明。求
復示為荷。文候改沈居
鑒好。玉。不敢請牘之署緣，則當一一為之，以藏吏上無問，仰懇

前以此等物鑒古家多不收，向不甚貴，故函商時已于《四朝寶鈔圖録》上注敝藏，合行聲明，隨後再版時去之可耳。此間經濟奇絀，玉亦窘甚，故韓君言《閣帖》在京可售三千，今以半價亦不得不售去也。肅請

侍安　振玉肅上　九月二十五日

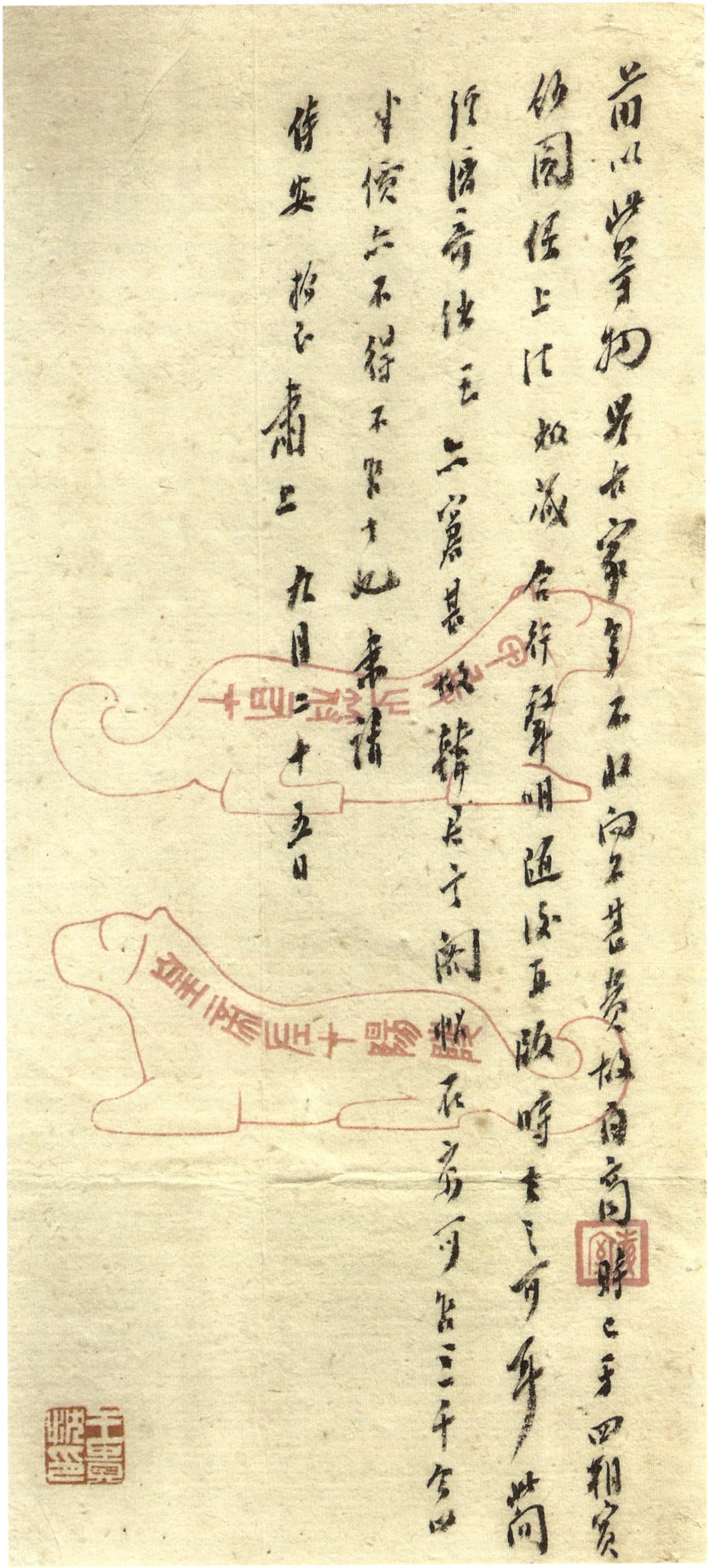
前以器物易古寫本不如向書賈林宿商已辭之矣四相賓
館圖經上比如藏名行算明通證五歐時本之可乎鄙問
經濟齋佚玉二篇甚好韓長方闕雖在宋可售二千金此
求價亦不得不略去也專請
侍安 振玉肅上 九月二十五日

## 甲寅十月二十八日　民國三年（一九一四年）十二月十五日　京都

沈盦大人鑒：奉
示敬悉。各件收到，費
神至謝。五十兩官票尤感，此正是敝藏所無也。諸
墓誌中，《魏王遷誌》乃僞作中之尤劣者，它誌則皆真
也。《聖教》不易售，求
寄還，沈傳師碑為敝處僅存之碩果，東人流涎
久矣，不欲割棄，將留伴空齋也。
有玻璃版印本，亦博文堂出版，便當寄贈一部。十七帖當購寄。
尊帳尾祈

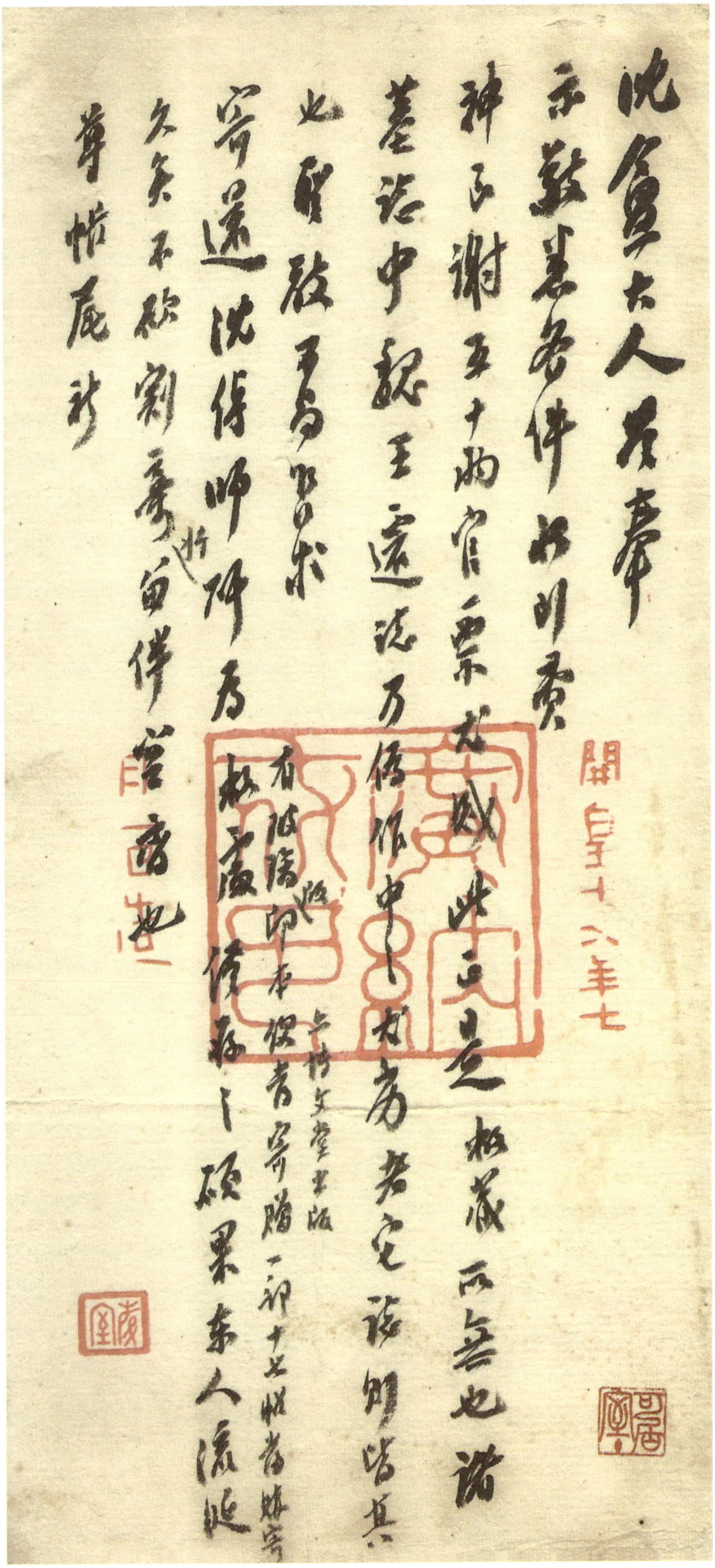

在欵内扣之，書帳即算揭。惟　鳳老刻書之欵求
早付，尤感，此區區之志願也。鈔版承
見讓，至感，請
示價，以便奉完。山樵畫若果佳，或有可售，此間人
所欲日奢而出價日薄，此亦自然之勢，求如前二
年不可得矣。肅此敬申，虔請
侍安　振玉肅上　十月廿八日
鈔版拓本至今未到，求
一查詢。《墜簡補遺》寄已數月，今日方到，可謂奇絶。東鄰亦不妥之甚也。

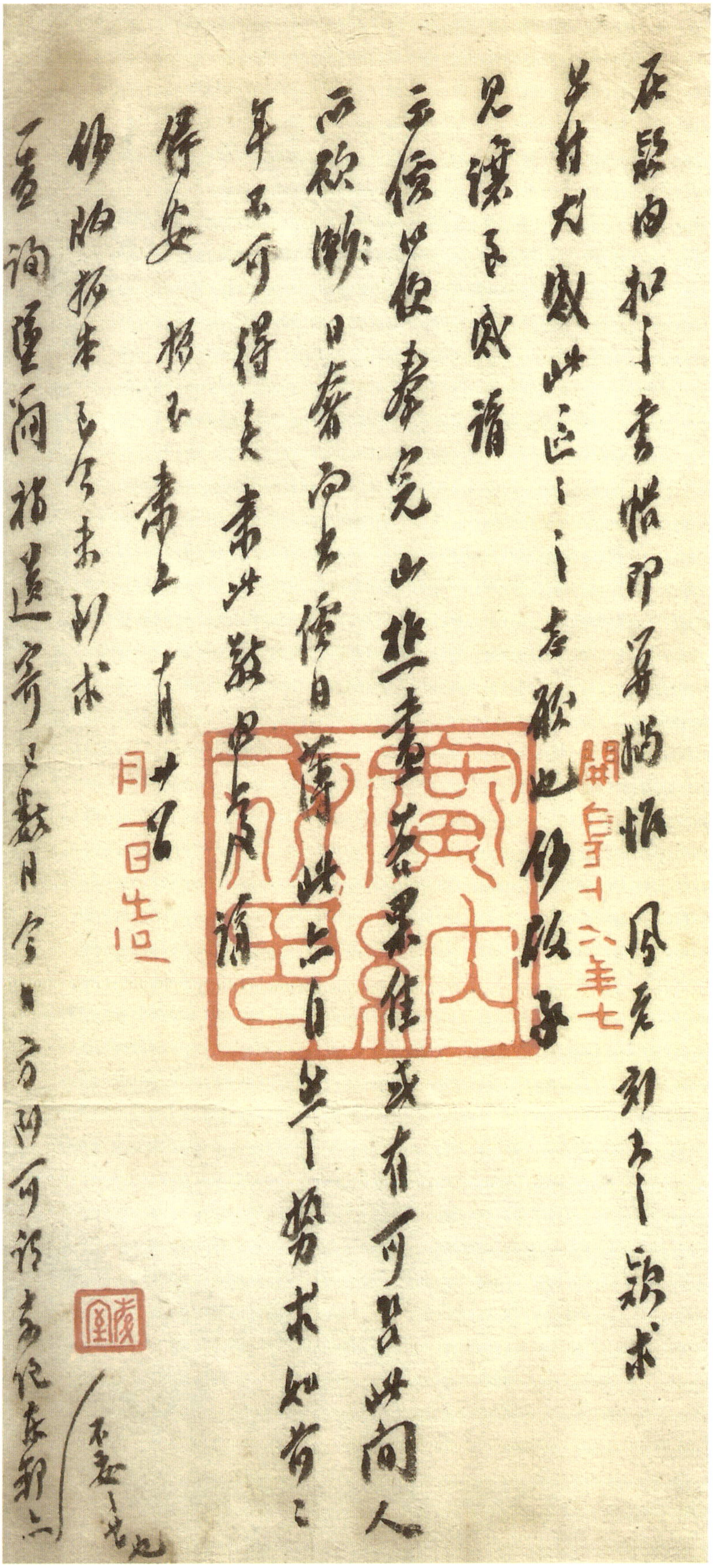

## 乙卯二月七日　民國四年（一九一五年）三月二十二日　京都

沈盦大人鑒：奉到二月朔

手教，敬悉一切。承

惠《李安喜碑》舊拓本，拜謝拜謝。《李大賓碑》即祈

代購，此碑近拓轉明朗，因此為敝鄉徐星伯先生拓本，故

願得之。簠齋拓本四百元不售，仍求

增價，期以必得，並祈早日購定，尤感。購定後祈

迅示，以便匯欵。秋谷冊遵代售，游相《蘭亭》請

先示價，如此間可有銷售之望，再奉

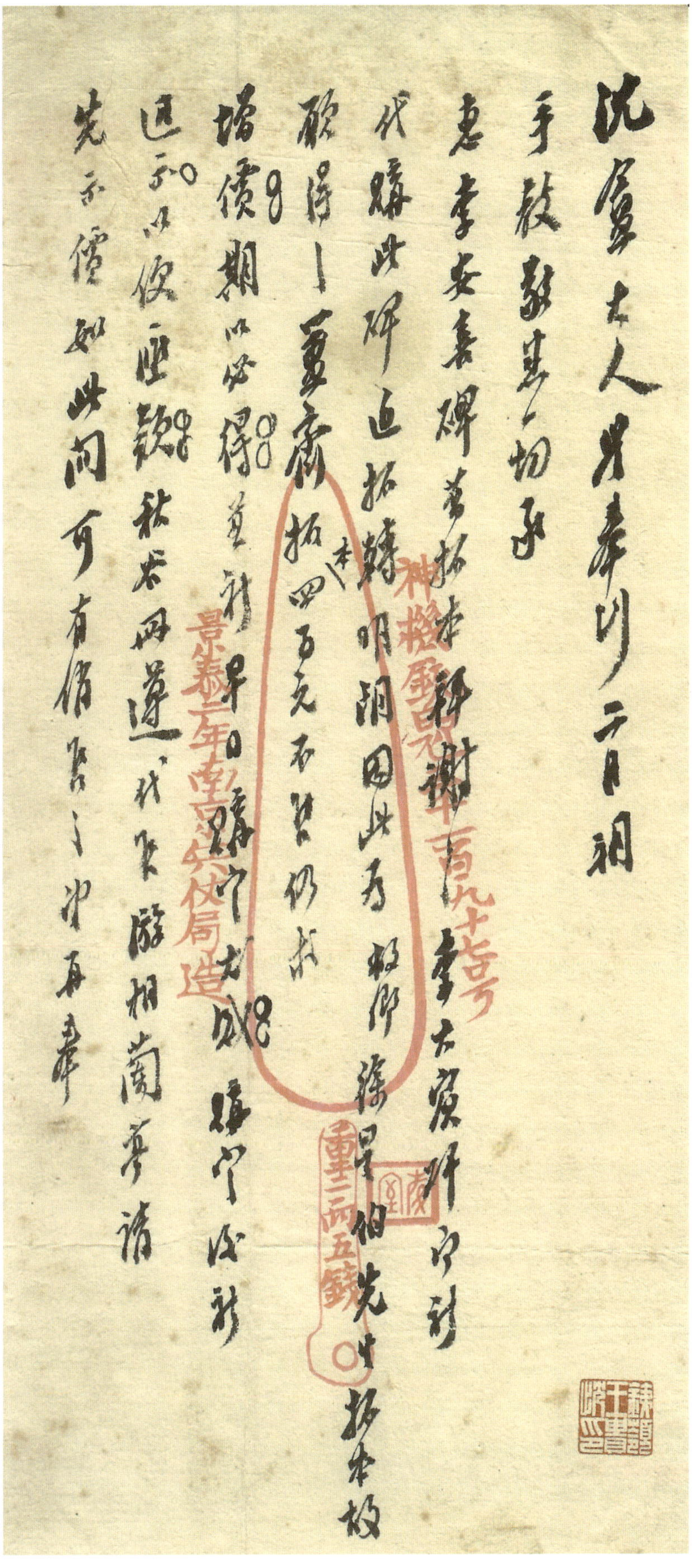
景泰二年□□兵仗局造
重二兩五錢

聞。宋藕塘花卉卷，當日得之甚廉，戔戔者請
勿復齒及為荷。鳳老函拜收，另復不誤。專此敬復，虔請
侍安　振玉肅上　二月七日
再，田中有下旬到北京之説，鈔版事已託渠，渠允為携
來矣。合並附陳。又啟

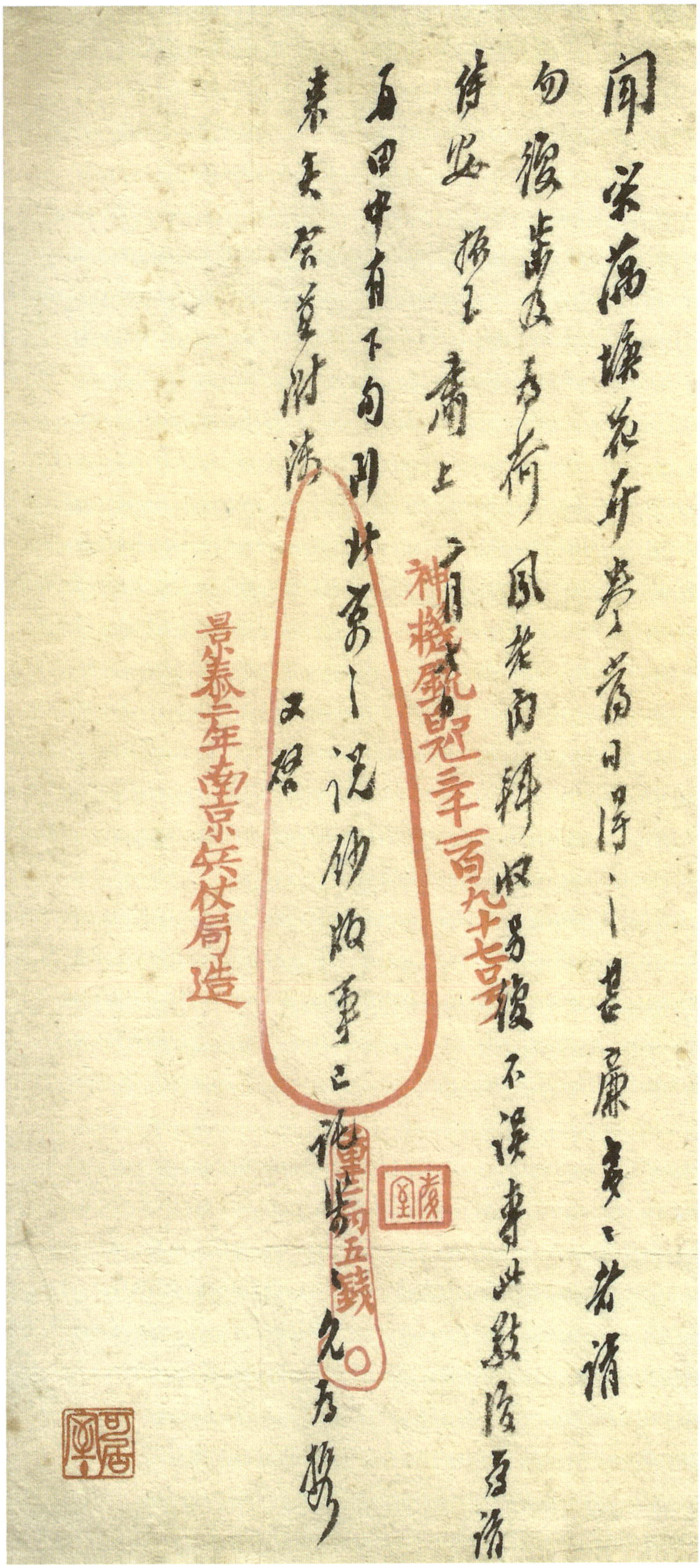
神機銃字一百九十七號
景泰元年南京兵仗局造
重一兩五錢

## 己未　民國八年（一九一九年）　京都

沈庵侍郎惠鑒：臥病兩日，方能起坐，前尊函來，值在牀蓐，不及作答為歉。近因整理書卷，非數月不能清訖，几案間充塞縱横，幾無措手之地。前命書之件，勉成一扇及帖後勉書一觀欵，他件尚乞寬宥從緩。前雖面陳下情，然知命令森嚴，不敢不先繳一二件。八年以來，無日不存速貧速朽之心，本不欲留羽毛於人世，倘鑒諒此意，幸甚幸甚。頃以欲脩京師亭林祠故，售《龍藏碑》以充土木之費。坡公《豐樂亭》足拓本呈

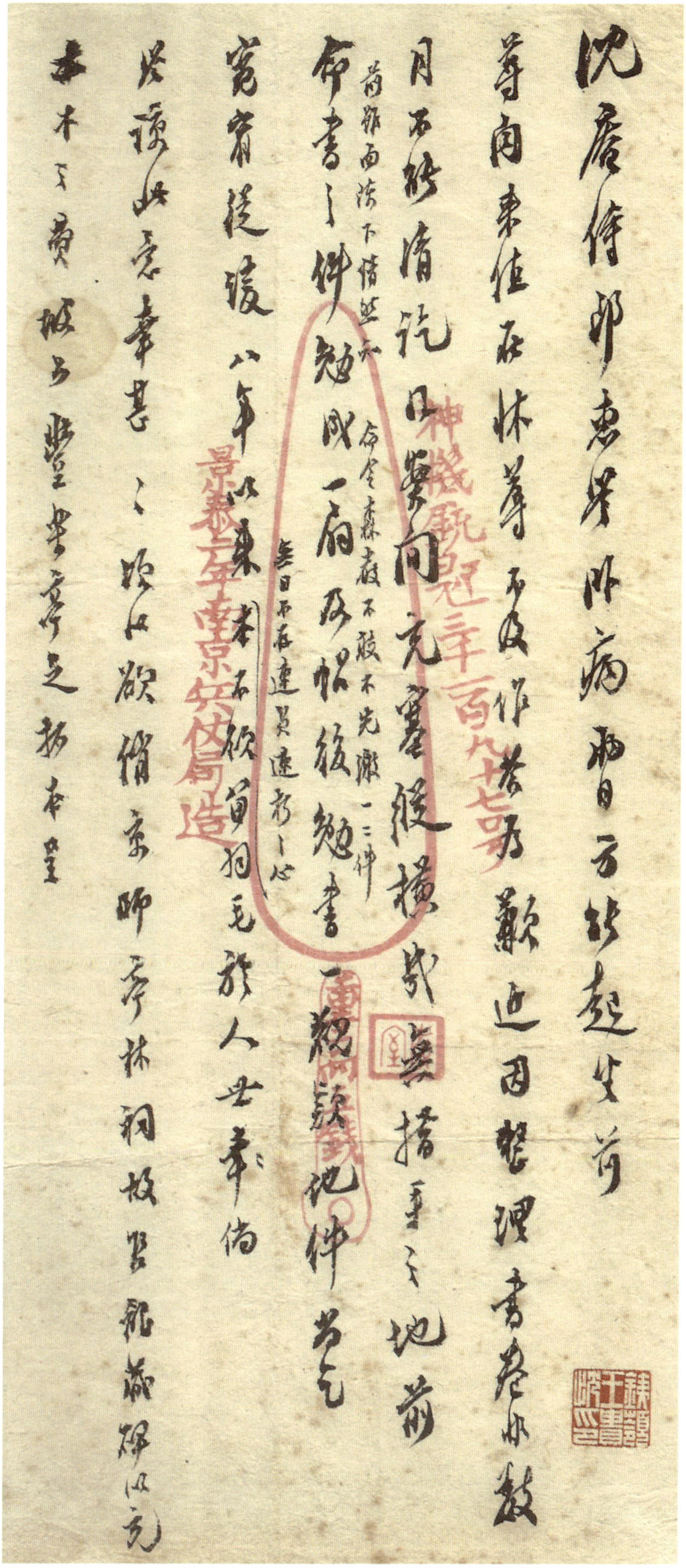

沈庵侍郎惠鑒：昨病兩日，方能起坐。前
尊函來，值在林尊處，不及作答爲歉。近因整理書籍，亦數
月不能清訖，日夕向充塞，縱橫幾無措手之地。前
前承面諭下情照示
命書之件，勉成一扇，及帖後勉書一紙，統乞鑒。此件尚乞
命令森嚴，不敢不先繳一二件
寬宥從緩。八年以來，本不欲留翰墨於人世，奉備
無日不在速冀速死之心
從頤此意，幸甚幸甚。珍品欲贈京師寄林祠，故堅說藏碑以充
奉本不貴 城之 鑒書齋之新本呈

鑒，若有欲得者，千元即割讓，此則為口腹計也。旅居此間，舍此無所仰給。茲託韓君携奉，若無受主，便祈
賜還為荷。
來函所云　貴友有匾屬書，此件卻未收到，祈為婉謝，至感至感。賤軀未復，艸艸乞
宥。肅請
侍安　振玉肅上　十四日

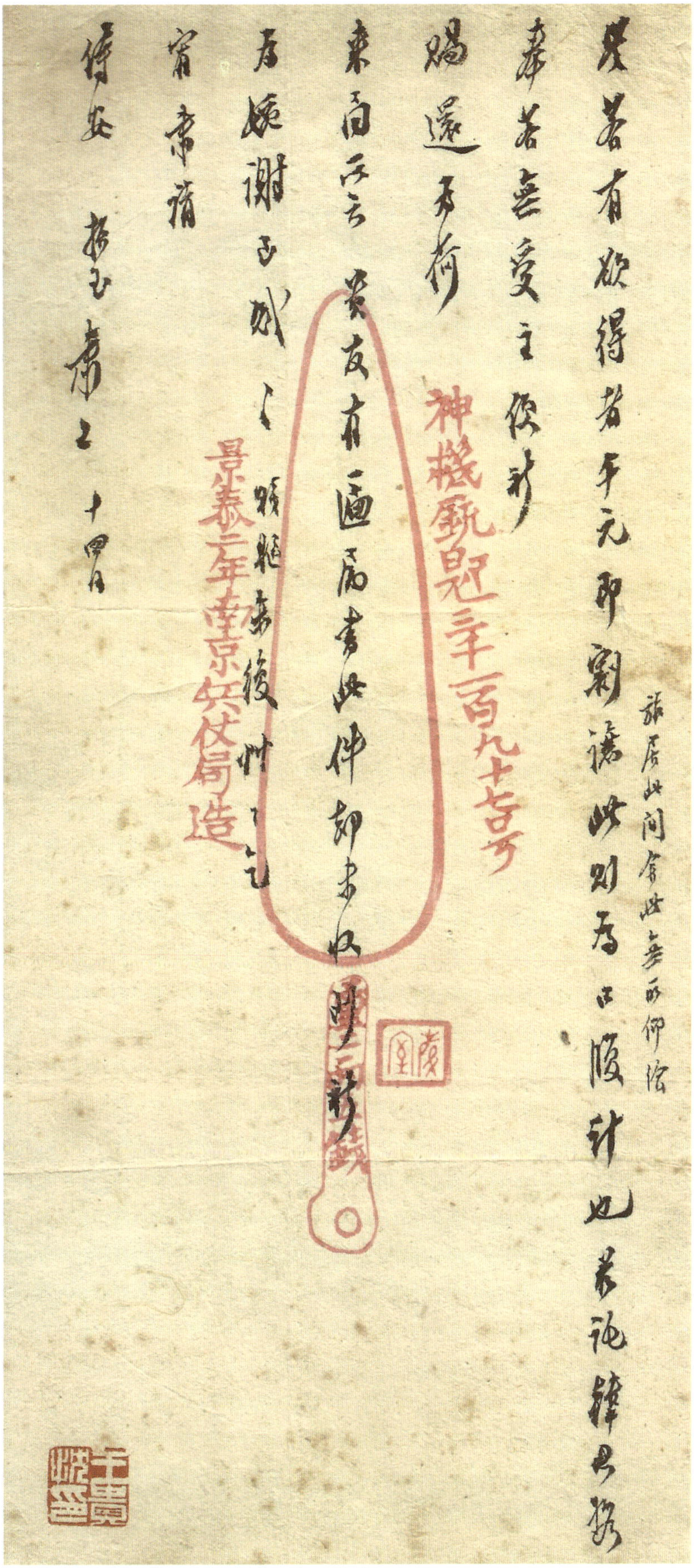
景泰二年春北京兵仗局造
侍安
振玉頓首 十四日

## 己未十月二十日　民國八年（一九一九年）十二月十一日　京都

沈庵侍郎鑒：奉示敬悉。蘇碑已付定洋二百元，前未聞此説，故通函請寄還，今既示以未便改議，請售出即寄欵，未成即寄帖，悉候尊酌可也。金竹既尊鑒有疑竇，請便即賜還。此畫愛之甚篤，本不求售也。拙藏本以自賞，非有貿遷之意，惟遇炊煙欲斷時出以易米耳。故所藏儲未嘗揣摩時尚，亦不欲揭竿求售。區區之懷，尚祈沈盦侍郎吾弟：

示敬悉。藏碑已付定洋二百元，前來聞此說，極適南清

寄還，今既

示以未便改議，請繳去印

寄款未成，即寄帖悉候

尊酌可也。金以說

尊處有疑賞，請便印

賜還。此畫處處甚高，本不求售也。拙藏本以自賞，收

有賢遷之，未排遇烟欲斷時，出以易米耳。拙所藏

以備來學揣摩，曉為二，不欲揭平求售，亦在懷，為祈

鑒宥。前承
問各畫之價，未能面達此怙，兹借楮墨，補陳
左右。專此敬復，即請
道安　振玉肅狀　十月二十日

署省弟承

問君書之價未能向達世稍前價猶墨補請

左右專此敬復即請

道安　振玉　肅狀　十月二日

## 京都

沈庵大人鑒：昨奉一函，想達
記室。尚有應復之事前函忘却，兹敬陳如左：
一各件已諾。日僧印譜之　賜，心領敬謝。此欵想到京，
現金貴銀賤，雖售價較定價畧損，然兑换之所得，或
可畧償也。
一承　詢《皇甫》《廟堂》兩碑，不知此間價可若干，以便寄下云云。
但此間古拓滯銷殊甚，東人飲河易足，不足與言學術也。去年劉健之以得自鐵雲之《九
成》《皇甫》《道因》《聖教》四宋拓乞售，一時無受主，故玉購得之（鐵
得之王文敏以二千元，其售于健之與健之來售均二千元），乃去臘窘
迫，即求得原價弗可得也。今此二本若不昂，玉尚願得
之，貴則力不及矣。又《皇甫》之碑字、《廟堂》之永宣金石字
須細看，非後配乃佳。專此敬復，虔請
道安　玉肅呈　十一日
存此諸件無銷售之望者，已交授公矣。

沈庵大人足昨奉一函想達

丙山諸件並借照〻當已交撥出矣

記室另有應復〻事前函忘却未敷陳如左

一委件〻諸日借印譜〻　賜正欽敬謝此款想必蒙

玩金著拓殘雖貴價數以便畧損益免換〻而得或

可畧償也

一承　詢〻首廟東四碑　不知此向價何若干以便寄下云〻

但此間古拓佛備殊甚去年劉鐵〻以得自彼京之九（東人欲何易足不得與之言學術之）

成墨有道因甚致四碑拓〻貴一時無處至搜去路得〻（彼

得之交錢以二千元先貨手健〻ム但〻未見拘定之）乃去購買

近郵〻求得處價極有〻得也今此〻未著本碑去為歟得

〻慕〻力務及莫〻文足有〻碑字廟〻東〻（承當全石字

須但看將返酬乃佳李氏敎後及語

道安　玉奉〻　十八

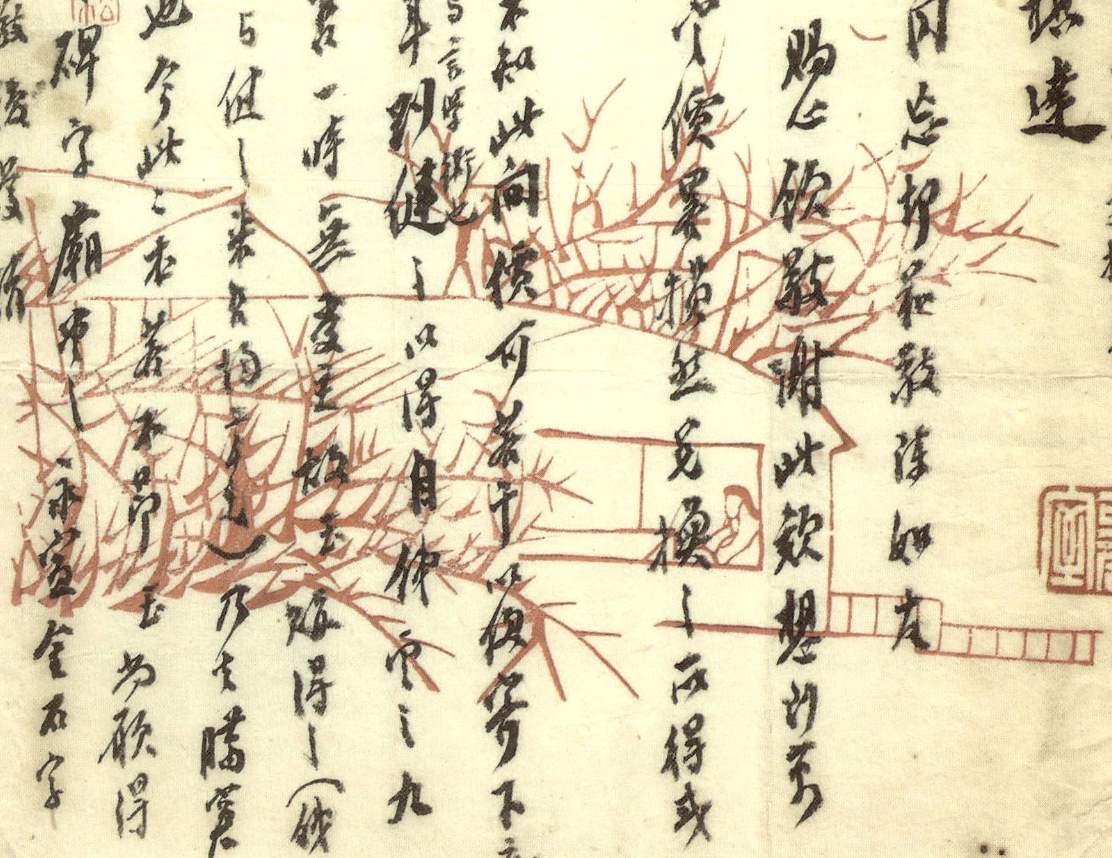

## 九月朔

沈庵宫保賜鑒：別才數日，風雲遽起，不知將來波譎雲詭變成何狀，世事真如觀弈也。張濬若屬題之件畧加考訂，擬作一跋，惟記石印墨迹外尚有印本，不知遺失何處，求函張君再賜一分，當檢查是否已有人考訂，免致雷同。石印真蹟亦索一本為叩。專此敬申，虔請

鈞安　振玉肅上　九月朔

沈庵宮保賜覽：別才數日，風雲遽起，不知將來波瀾
雲詭變成何狀，世事真如觀弈也。張潛若屬叔〻仲罍加
考訂，擬作一跋，據記石印墨迹，此為其印本，不知遺失何處，求
自張君再歸一手，當檢查是否已有人考訂，免致雷同。石印真蹟二
本一併奉呈，專此數申，藉請
鈞安。　振玉肅上　九月朔

## 辛未　民國二十年（一九三一年）　旅順

沈庵宫保賜鑒：十八返連，知
騶從先一日北行，相差一日，不獲拜
教，悵惘無似。在津晤藥雨，續寄扇面竟未售出，已携回。淮
生于　鼎丞先生事極願出力，且不須到局，但須稍遲，想已
面達
左右矣。作民之件託小婿轉寄，未得晤面也。
南行約在何時？玉春間擬至吉林一游，祈
賜介紹書與熙君，意欲與之深談，仍以鬻書為辭可也。此書
須切實，能託韻村兄攜回最感。廠肆古物大有可觀，惟在

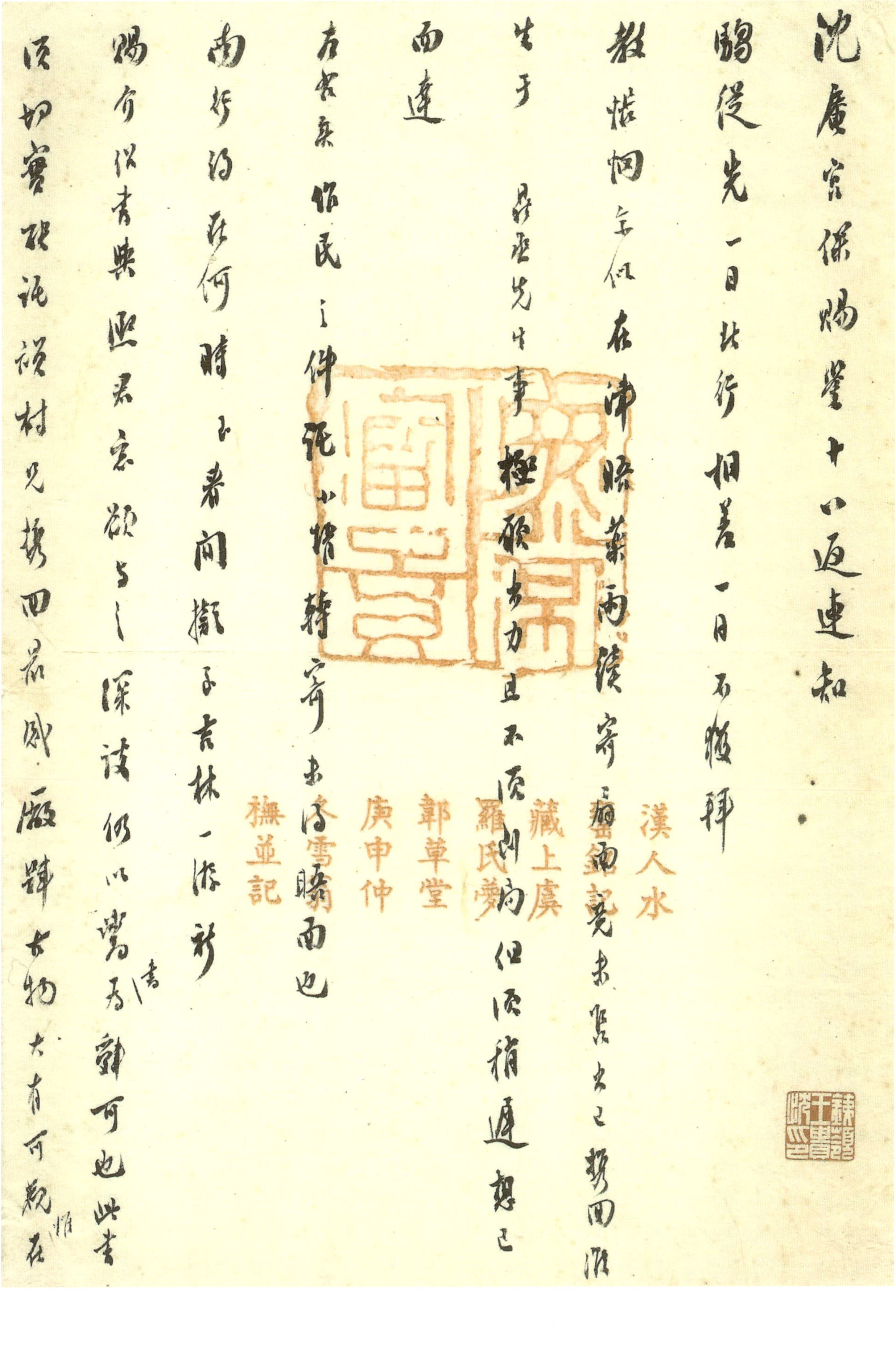

春明僅勾留半日，不免走馬看花之誚耳。玉在津患感冒，及歸寓，熱退而咳未止，休息三日，精神畧復，欲言甚多，不能盡也。肅請

道安　振玉肅啟　廿三日

書明僅旬留半日不免走馬看花之誚耳 下在津患
感冒及歸寓熱退而喉未止休息三日精神略復欲
言甚多不能盡也肅請
道安 振玉肅啓 廿二日

漢人水甕銘記藏上虞羅氏夢郼草堂庚申仲冬雪翁撫並記

## 致金梁一通

**壬戌十月二十九日　民國十一年（一九二二年）十二月十七日　天津**

息侯先生有道：別後返津，得李君一山書，前次商請利津李先生拓毛公鼎事竟得效果，李君已到京。以前陳氏所拓毛公鼎至精者皆出李手，海內一人也。今竟惠然肯來，可喜可幸。乞一面與仲綱都護商酌，一面請公逕與李一翁接洽（渠住潘家河沿）。能多拓數十分傳之天壤，亦藝林幸事也。端處每拓一紙，不妨援印書版期之例，酬報若干，請公逕與商酌為荷。李君原書及弟復函乞簪核，弟書並求

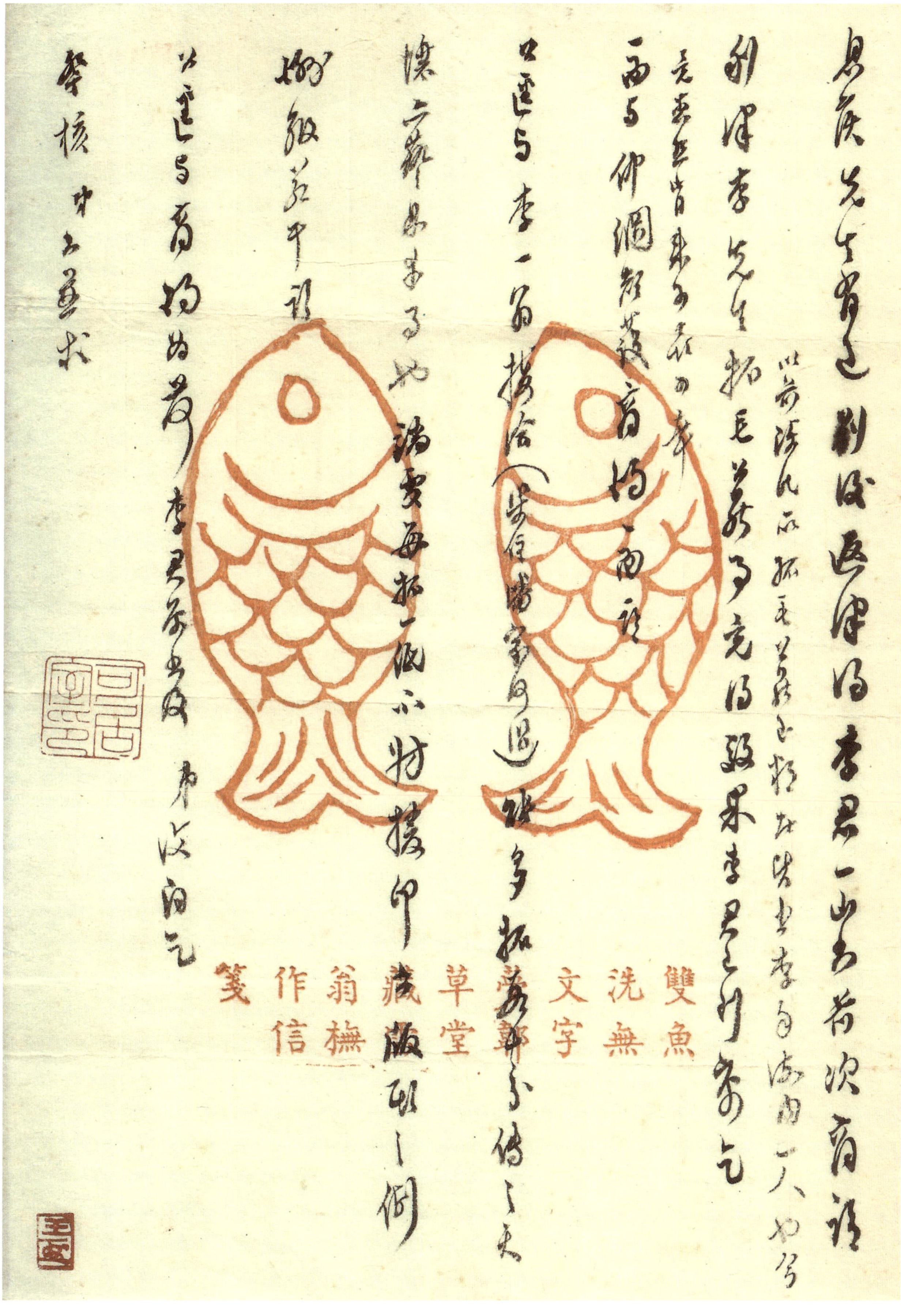
雙魚
洗無
文字
草堂
翁撫
作信
箋

轉致，至感。此請

道安　弟期玉再拜　廿九日

王文簡公父子祖孫文藁，祈

早日與前途酌量辦法為荷。

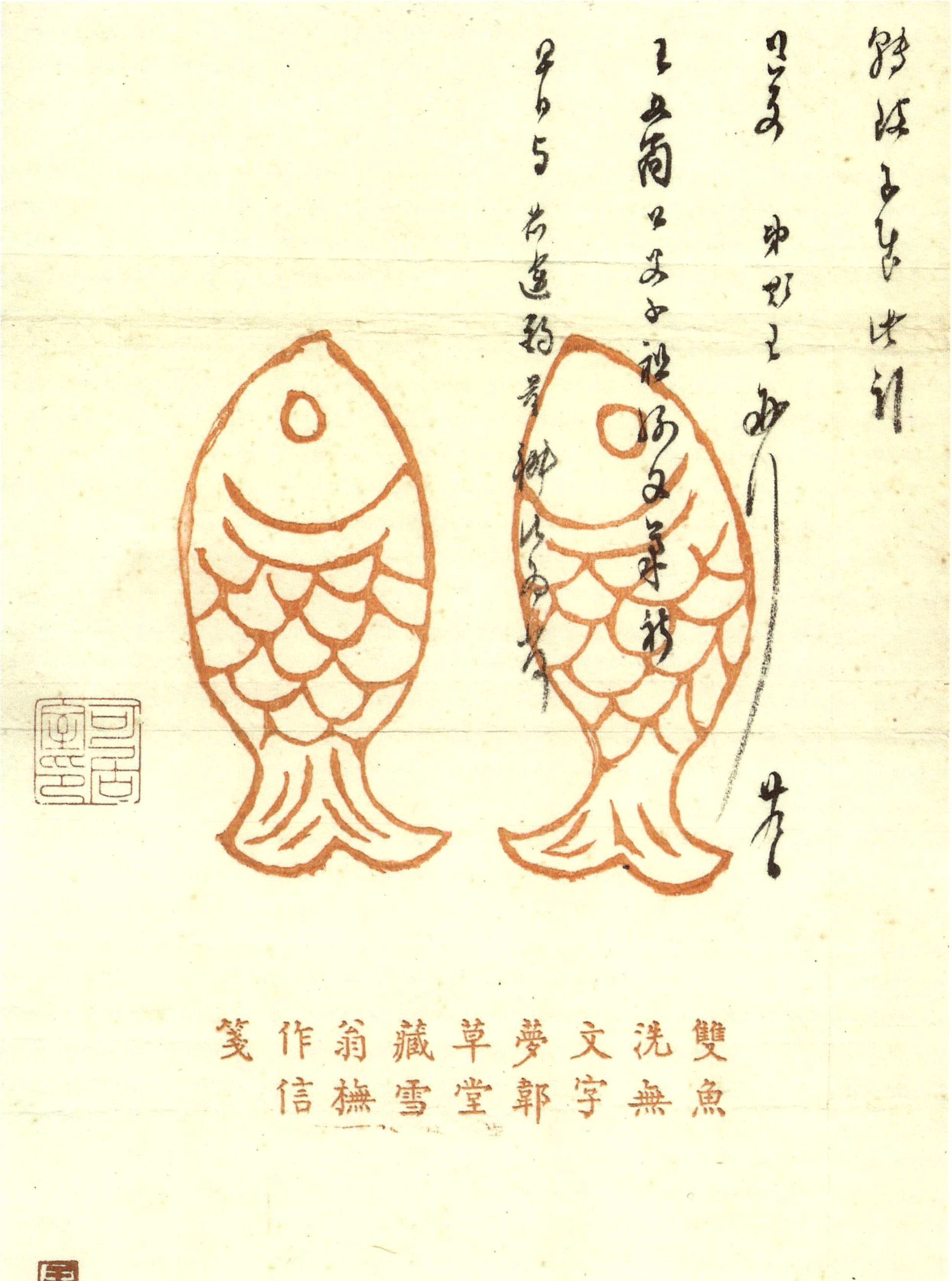
雙魚洗無文字
夢郭草堂藏
雪翁橅作信箋

## 致羅惲一通

原覺仁兄大人閣下：昨各件已交秦君，渠願留石田二卷、銅人及八大山人字册、陳恭尹書、藍田叔畫六件，出價一千二百元，校原價減二百五十元；柳帖渠嫌蟲蝕填墨，僅出價三百元，去原價不及半，故已代取回。兹飭力奉聞。若願售，明日即可取價。此請旅安　弟玉再拜

原兄仁兄大人閣下：昨承示件，已交蔣君帶歸，留
石田之爲銅人及八大山人字冊、海岩月方、蕉田畊
圖六件，共價千五百元，按原價減二百五十元。柳惜
與頃蔣孟蘋讓其價三百元，古原價不及其半也。
代存田箱物力艱，
閣下頒賜鉅資，不取價，此請
撰安　弟玉再拜

## 致吴觀海三通

**甲子祀竈日　民國十四年（一九二五年）一月十七日　天津**

花㝹壽盦主人惠鑒：讀《生春紅日報》，知
尊藏隋唐誌石十餘品現已精拓流傳，敝處收集墓誌二千
餘種，惟洛中新誌日出不窮，能否
郵寄一分，當以敝藏拓本為報。專此奉申，即頌
著祉，維
照不賜　名正肅　祀竈夕

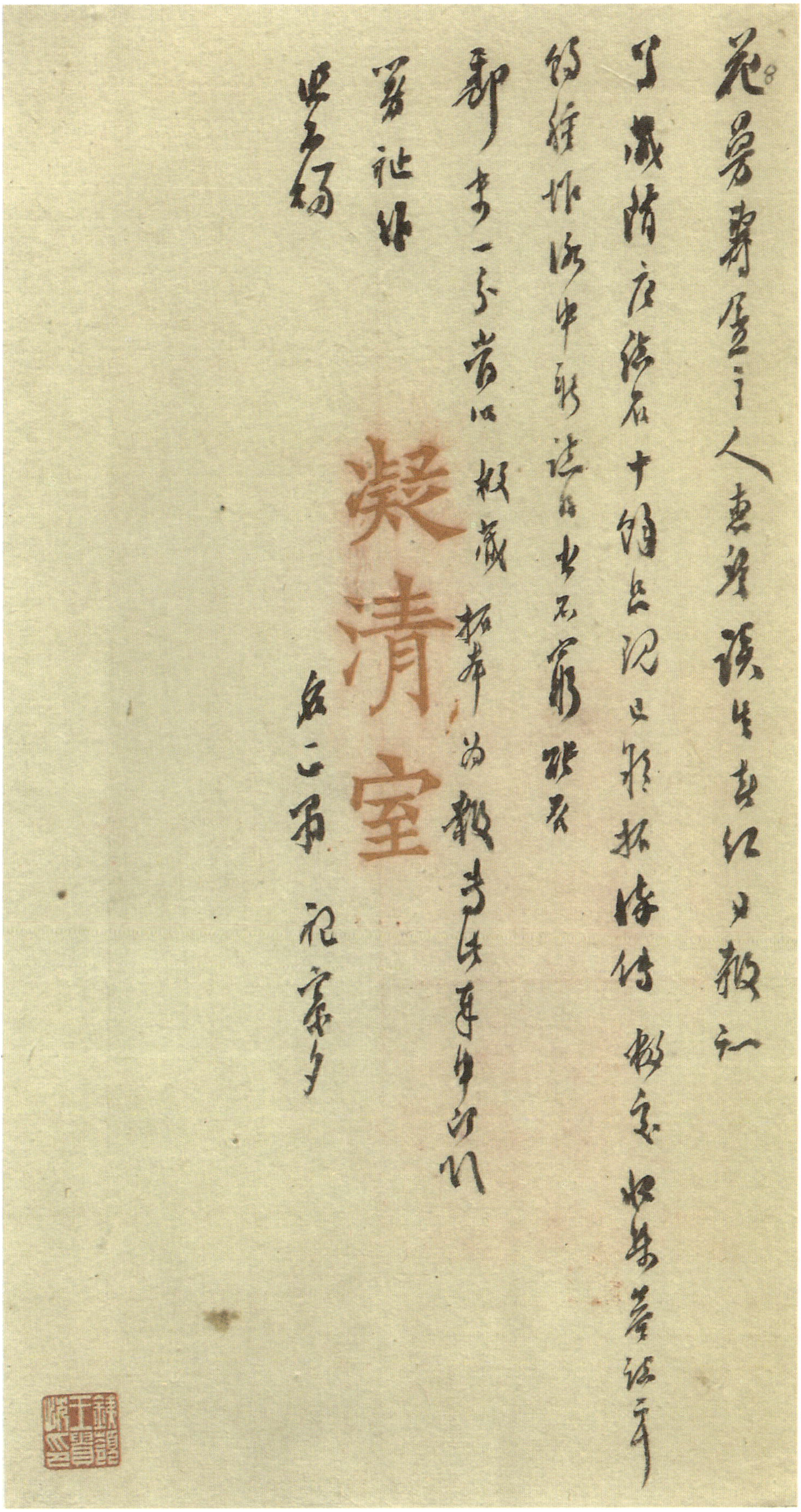
凝清室

北京景山西北内宮監卅號

吳先生雋公台啓

津羅寄

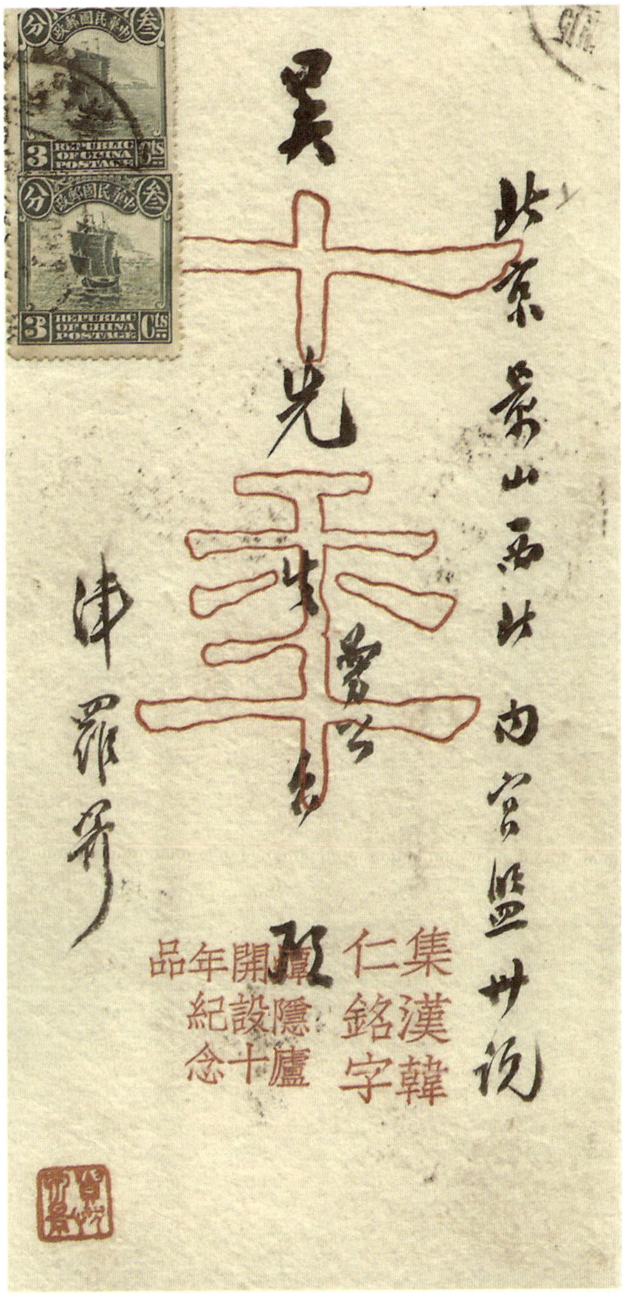
集漢韓仁銘字
蟫隱廬開設十年紀念品

## 甲子除夕前二日　民國十四年（一九二五年）一月二十一日　天津

誦芃仁兄大人閣下：奉到
還雲，如瞻
雅範，忻幸無似。承
允寄石墨拓本，已至可感，矧以前復承
代運誌石，尤為銘勒。遵寫寄一聯一額，惟拙書恐不足辱
青睞耳。石窟寺造象舊藏一本，但恐無後出各種，近又聞

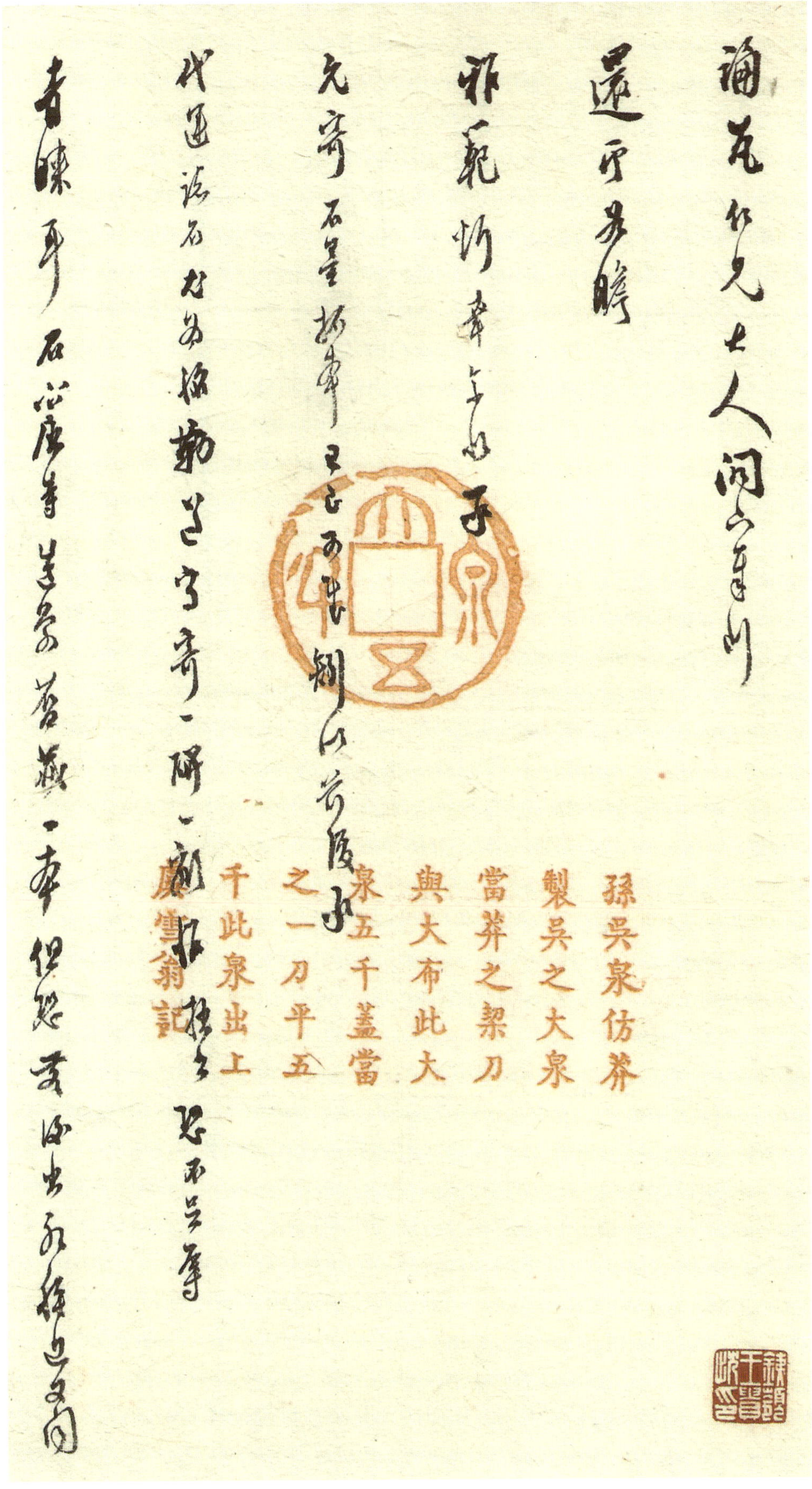
孫吳泉仿莽
製吳之大泉
當莽之絜刀
與大布此大
泉五千蓋當
之一刀平五
千此泉出上
虞雪翁記

後出之石窟，未久即湮沒，不知然否。承

惠極感，先此肅謝。敝藏拓本先撿呈三種，另包同付郵，並祈

詧存。此請

著安，維

照不既　弟振玉再拜

尊藏誌石能　寄二分尤感，藏誌皆有副本也。　歲除前二日

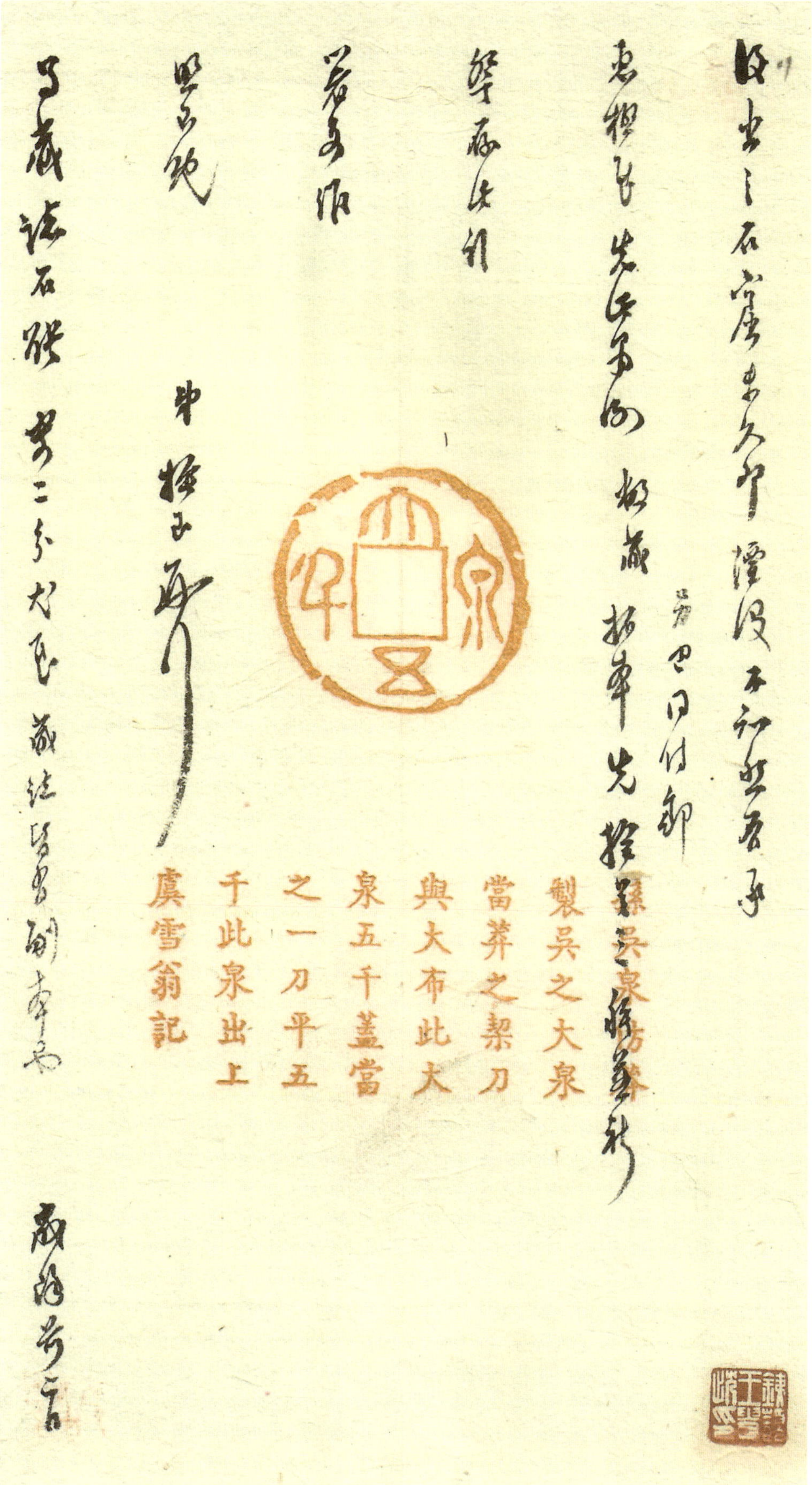
製吳之大泉
當莽之絜刀
與大布此大
泉五千蓋當
之一刀平五
千此泉出上
虞雪翁記

北京參謀本部後草嵐子二號

吳旸公先生台啓

津沽羅寄

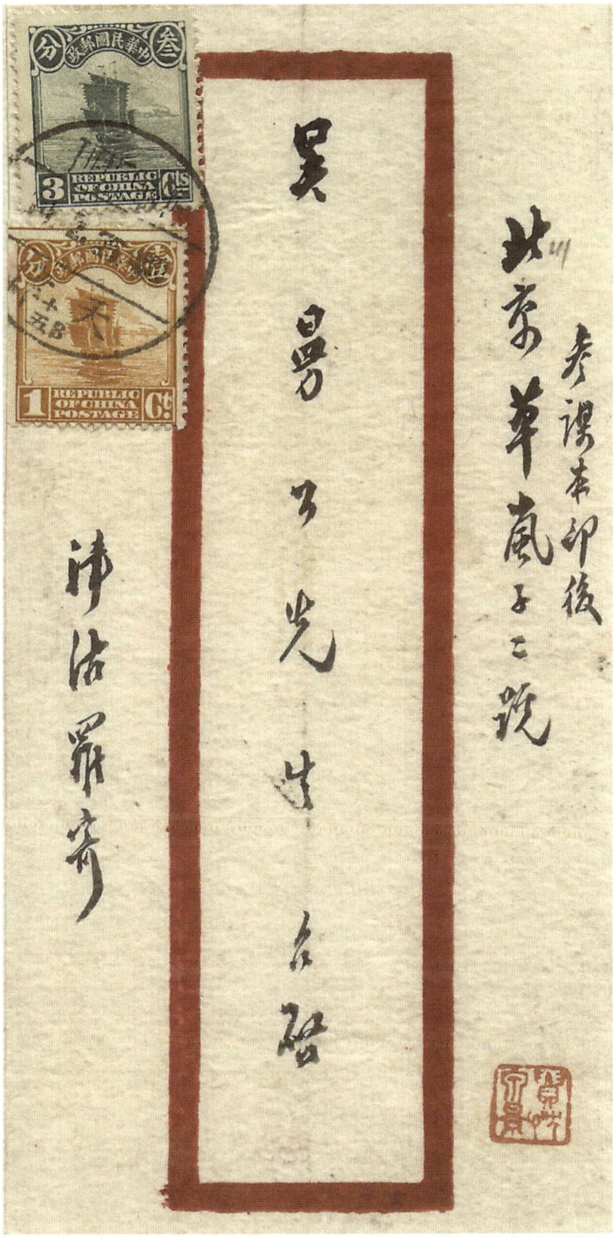

**甲子除夕　民國十四年（一九二五年）一月二十三日　天津**

曼公仁兄大人閣下：奉
復教，敬悉。前函件已達
左右。承
賜石窟寺造象全分及隋唐志十種，百拜敬謝。伍、王兩誌當跋足以竢
嘉惠。專此肅謝。敬頌
著安，並賀　新祺　弟振玉再拜　歲除夕

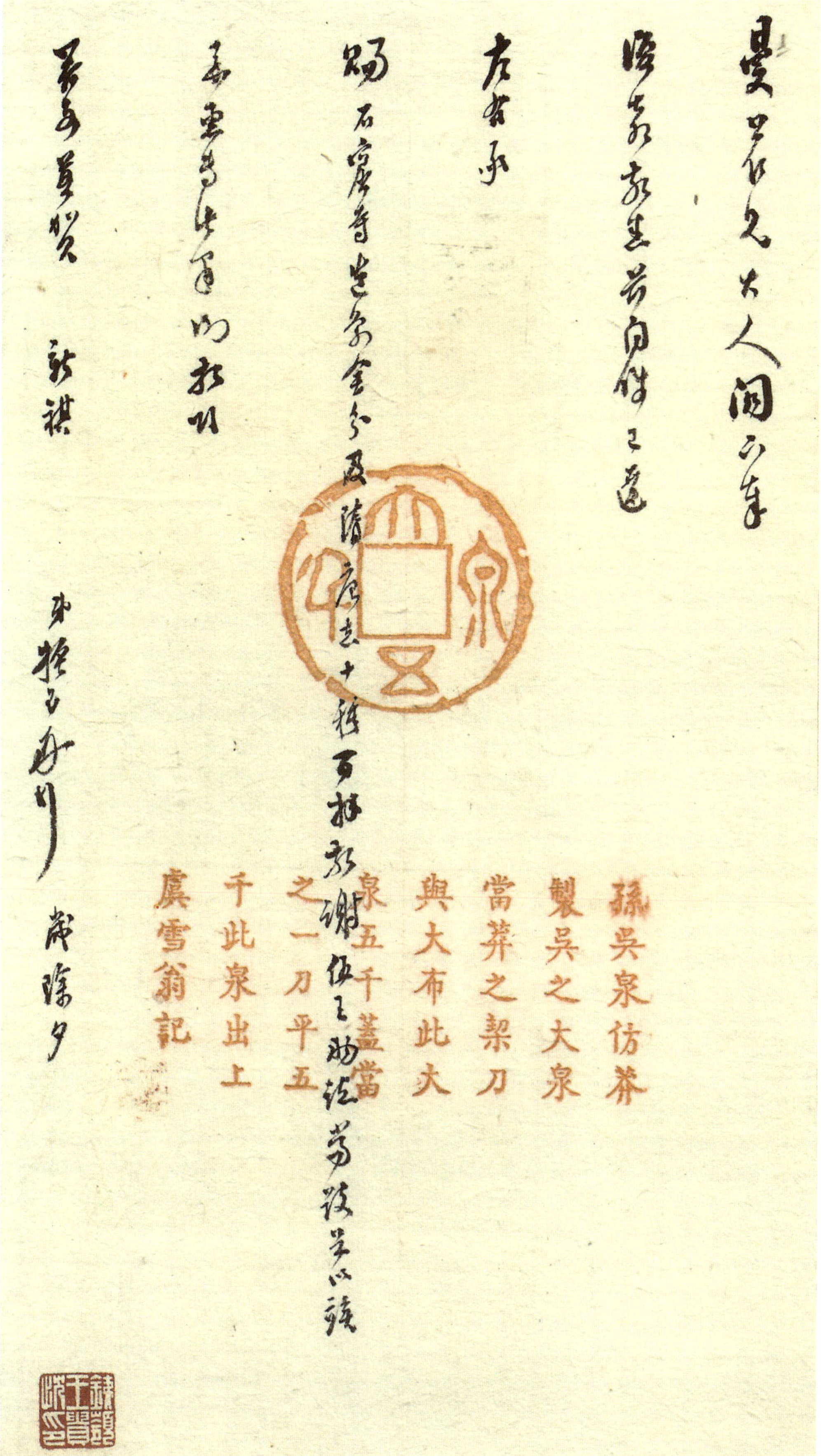

孫吳泉仿莽製吳之大泉當莽之契刀與大布此大泉五千蓋當之一刀平五千此泉出上虞雪翁記

北京參謀部後草嵐子二號

吳大人昜公甫台啓

津沽羅寄　除夕

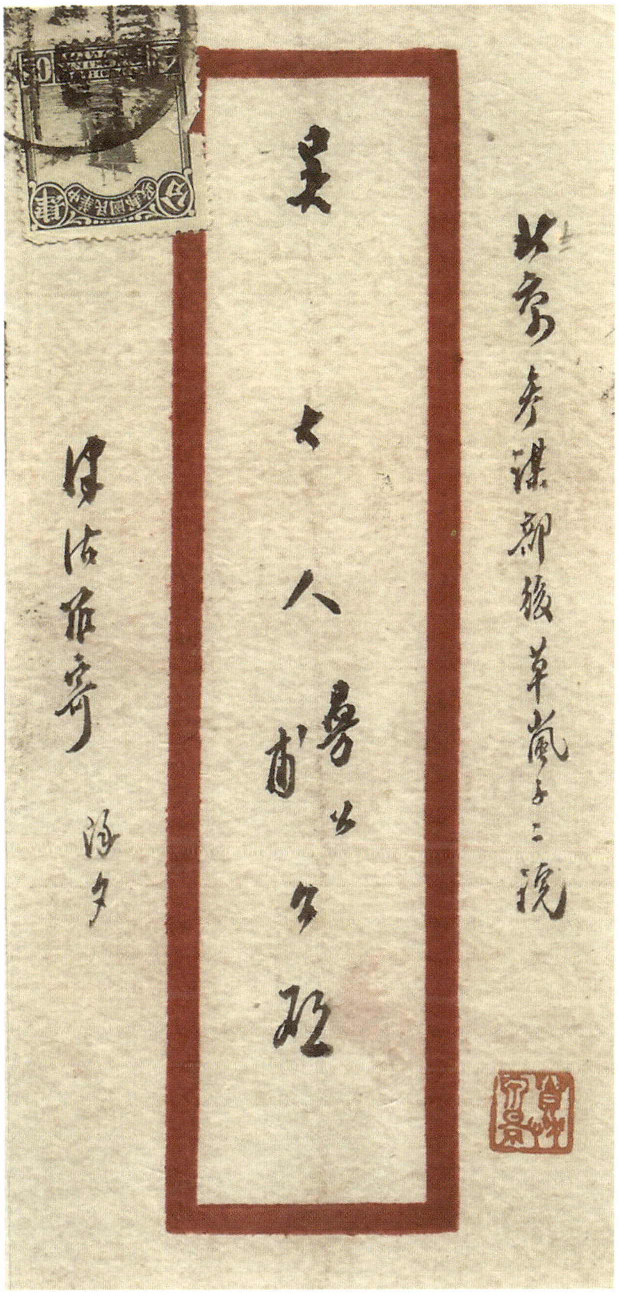
北京參謀部後草嵐子二號
津沽旅寄

北京參謀本部後草嵐子二號
吳大人舅公甫台啓
掛號
天津嘉樂里羅叔言寄
內對聯

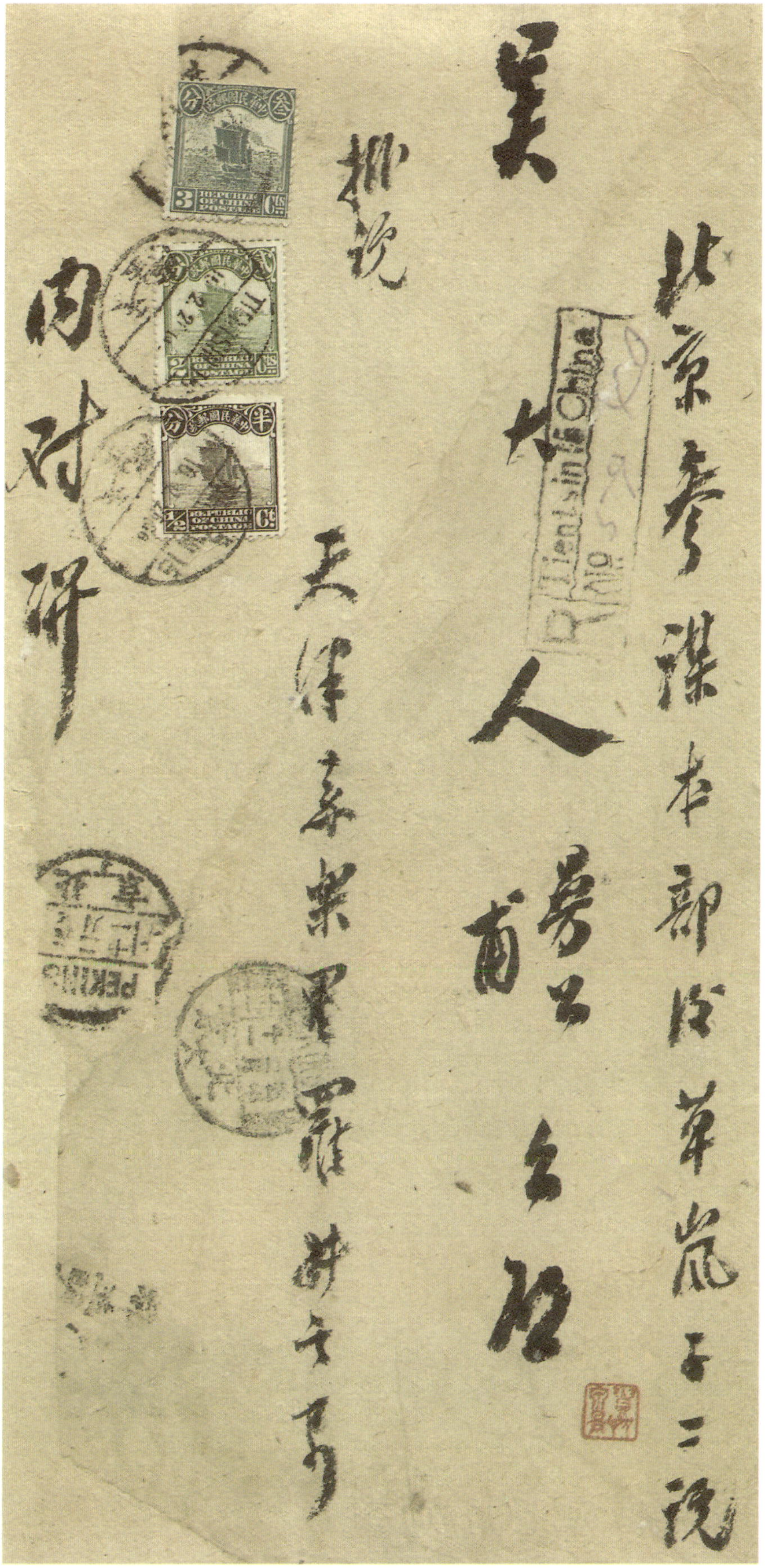
北京參謀本部後草廠十二號
吳大人
掛號
內附件
Tientsin China

## 致范兆經、范兆昌十一通

### 壬子秋　民國元年（一九一二年）　京都

恒弟如握：別後自暴風雨發，無日不念舟中人，顧每日細心看報，均不言及「阿波丸」，又翻十九日報章，言廿一十時發神户，翌翌日發門司，以為廿二三日之大風，必在門司港内尚未出發，心畧安。乃頃接阿連信，言廿三報端載無線電言，「阿波丸」將出内海，在對馬海峽遭風，尚無恙云云，又不放心。不知弟及小女與耄孫如何受驚，懸念萬狀，此時不知風浪如何作惡，不知

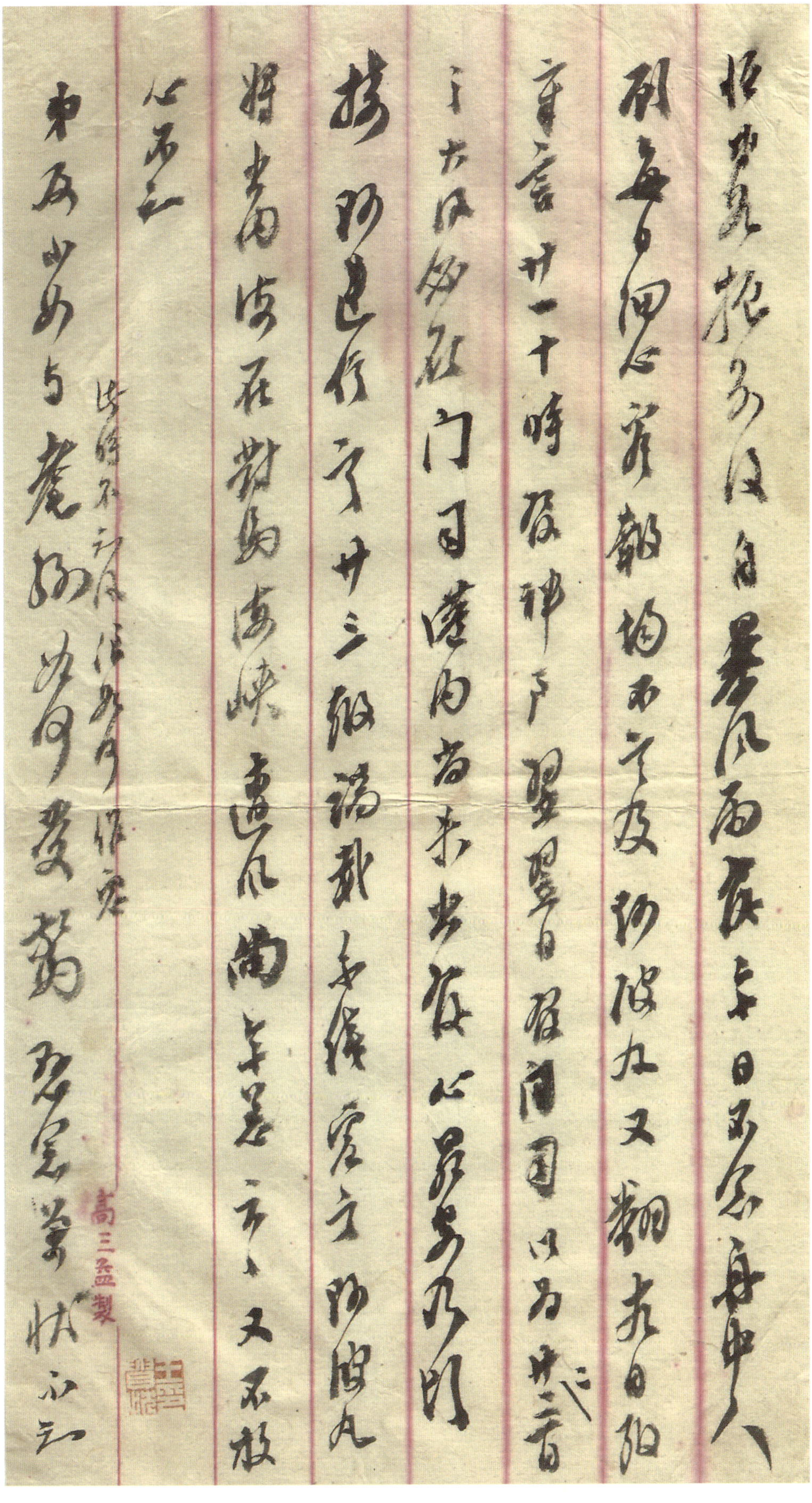
高三益製

何時始得安報。以前視航海如濟江河，今知
溟渤果不易航行也。此刻想
弟已有信在途，然盼眼穿矣。望
詳示一一為盼。此刻郵政阻滯，滬信必一星期
始達，益令人着急也。風後務須多多靜養，
望告小女。其叔公能閔此苦人，不迫令上道否？現費盡九虎二牛之力，始將造屋
事定議（今日），冬間可成，為渠留一屋，深盼渠能早來，家人
均盼此次交涉得穩妥也。耄孫暈船，此行甚苦，

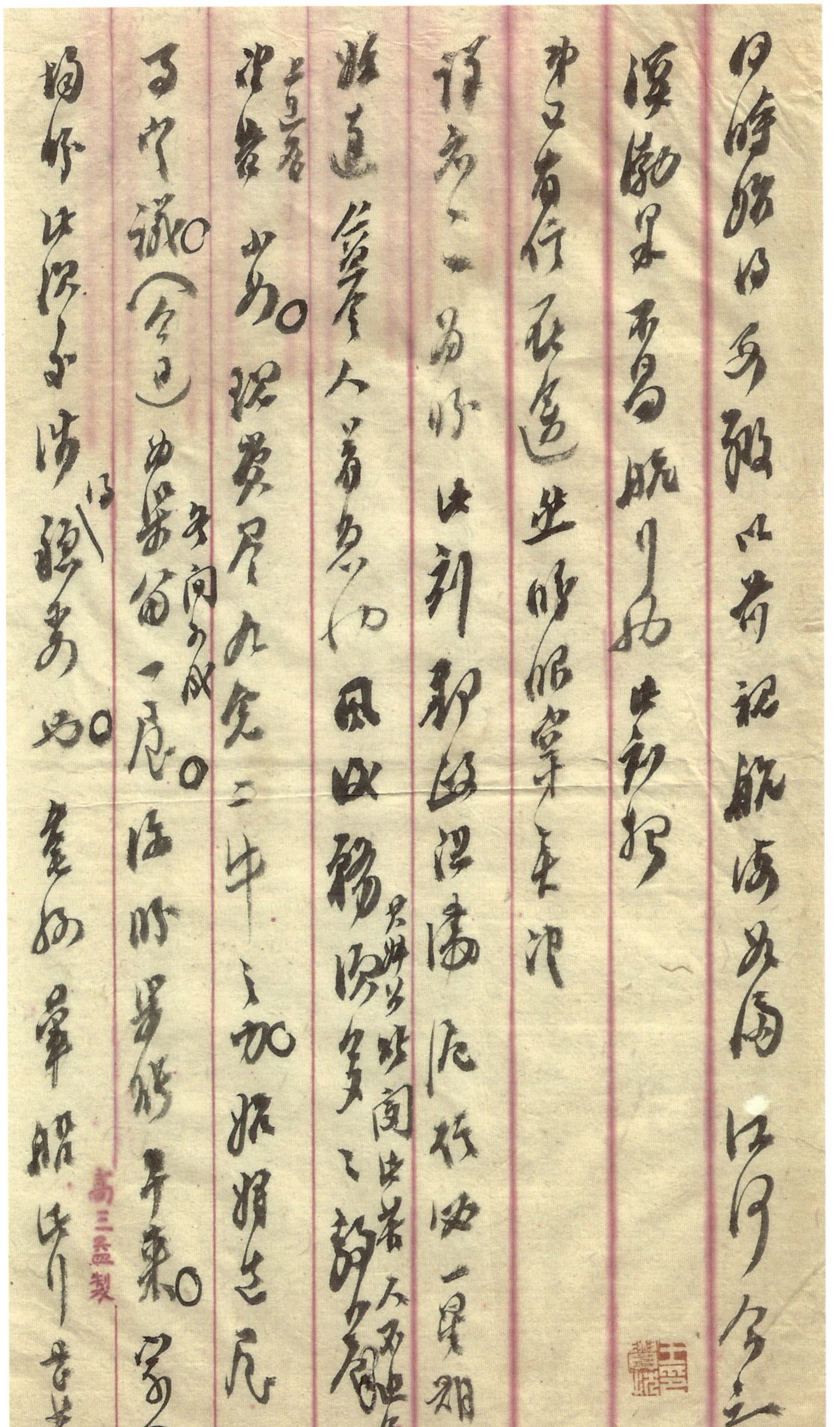
高三益製

令人憐念不去懷。每念及渠可憐之母子，輒為泪下。請時時勸慰勿令憶我。能明春三月來此，則大佳矣。若能駐滬，月費、房租、食費，兄當分認，但不知能慰此心否耳。此頌

侍祉，並賀

出險之喜　兄玉頓首　廿日

岳母大人前叱叩。

小女及耄孫前為我慰問之。

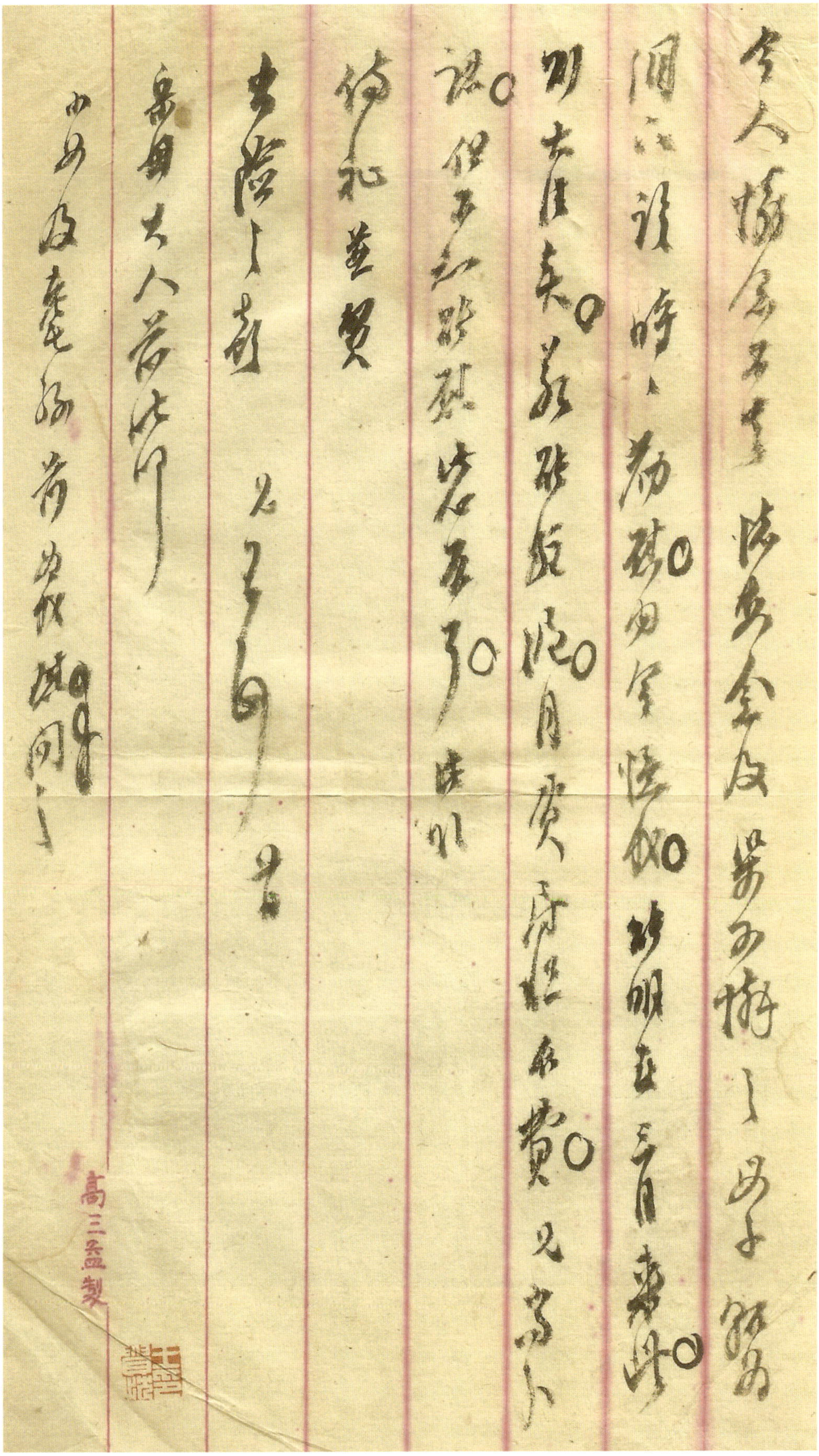
高三益製

## 壬子秋　民國元年（一九一二年）　京都

衡弟如握：得

手書，知到滬之日，小令郎適殤，聞滋戚。兄最畏聞

小兒夭折，因前觀劉氏兩外孫之慘折，至今有

餘哀，況

弟身在局中乎。小女到潁，兄責任亦盡矣。至謂境遇顛連，以兄視之，則尚

是不幸中之幸。若兄不加助力，恐求此不可得也。想

以為然。明年返淮，兄絶不謂然。

老太太及吾

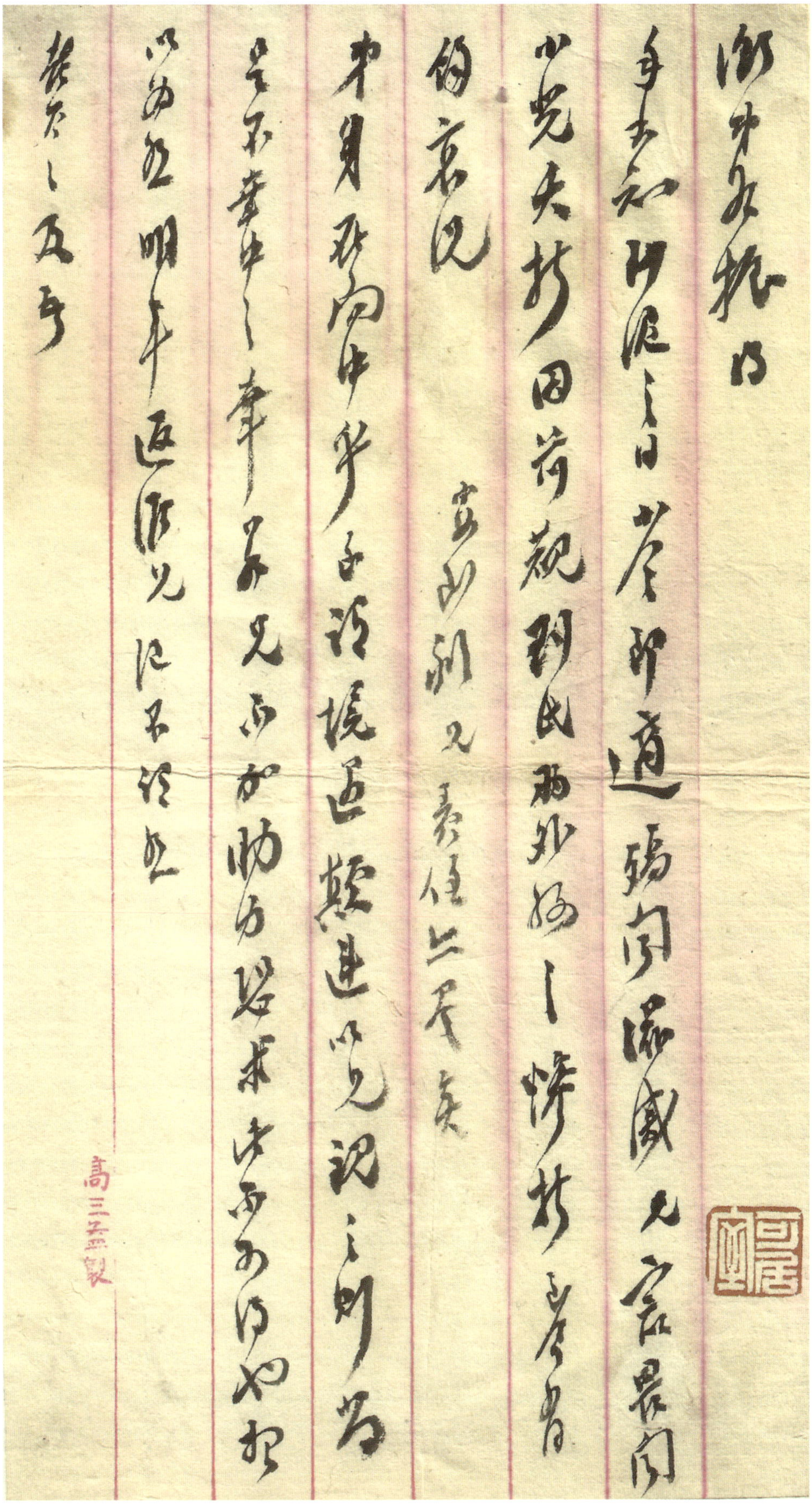

衛廿五執事：
手示祗悉。昨日蒙遊，張同源盛元宮晨閒
此光天扶因荷觀劉氏所藏之件，特此奉告，
即頌著祺。
弟制又表侄上冬集
承見舉內中第子詩境追題進以見記之，則為
至不幸事之類，等見示加御方照求法示為何如耶
以為如明年返滬見後再談也
教之又弟

可居室

高三益製

弟之欵仍暫由兄代存，仍用保利之法，從癸丑春起利，但日期不能太久，利亦不能至二分耳。久函告　令兄，令兄至今不復一字。前函已言明保利七釐，兄再每月奉
堂上膳金與吾
弟貼欵，總可安居滬上。　令兄景況優于吾
弟，但能暫保七釐之利耳。望
轉告（兄若境稍寬，即一律辦理，奈即此已費心力。　令
兄當能諒之）。以後

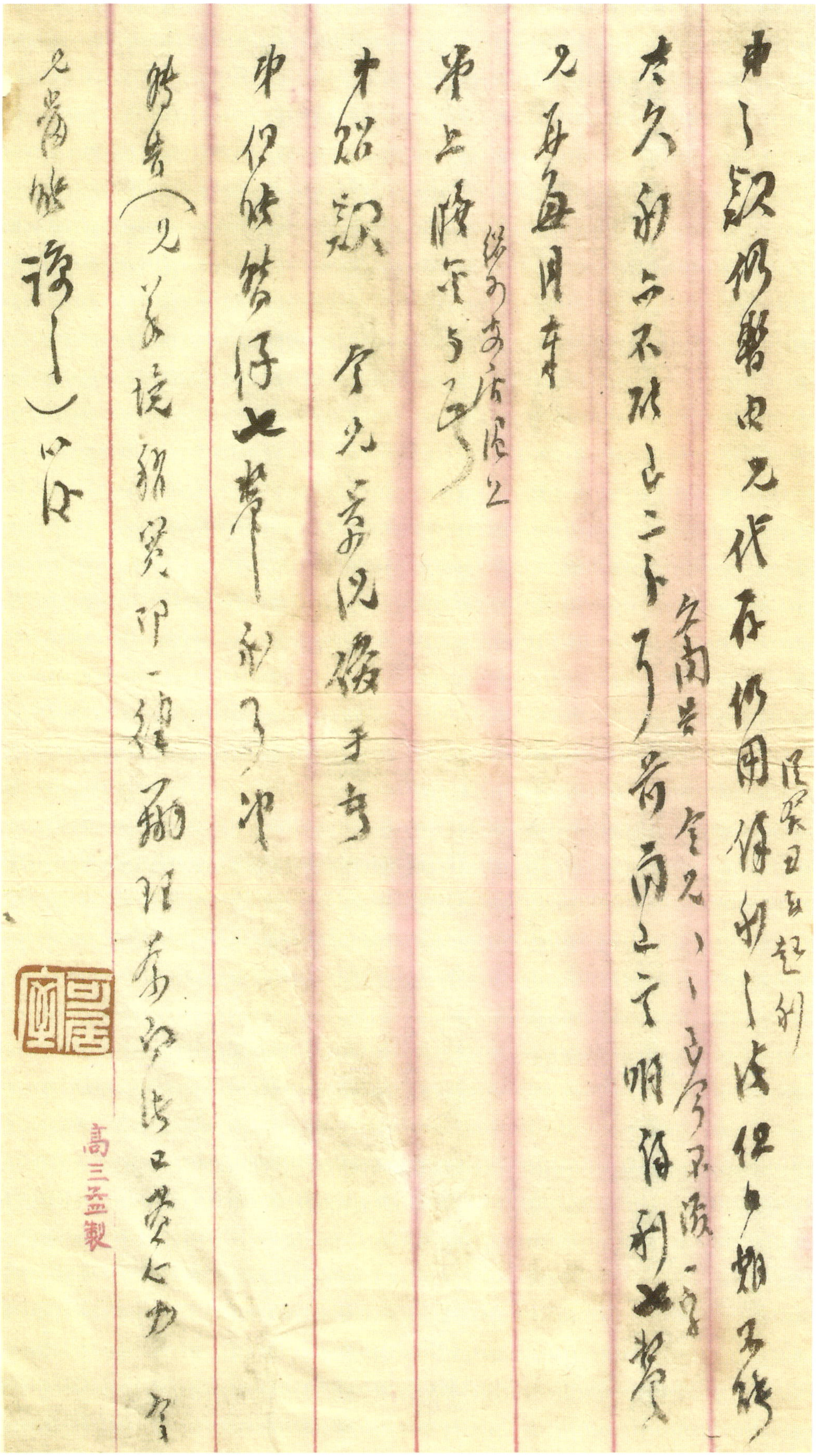
可居室
高三益製

堂上及　令兄得地得價，兄即卸此責矣。連日忙移居事，初十搬入新居，人財俱來不及，已五夕不能睡。人欠我之書畫價豪無影響，而欠人之欵到期即須付，窘迫不堪，心境至劣。新居甚佳，其如屋富人窮何！惜堂上不能來此小住，改日以新居照片寄閱也。

堂上殤幼孫，亦必傷懷，望為弟奉慰。此頌
侍安　兄玉手啟　初七夕

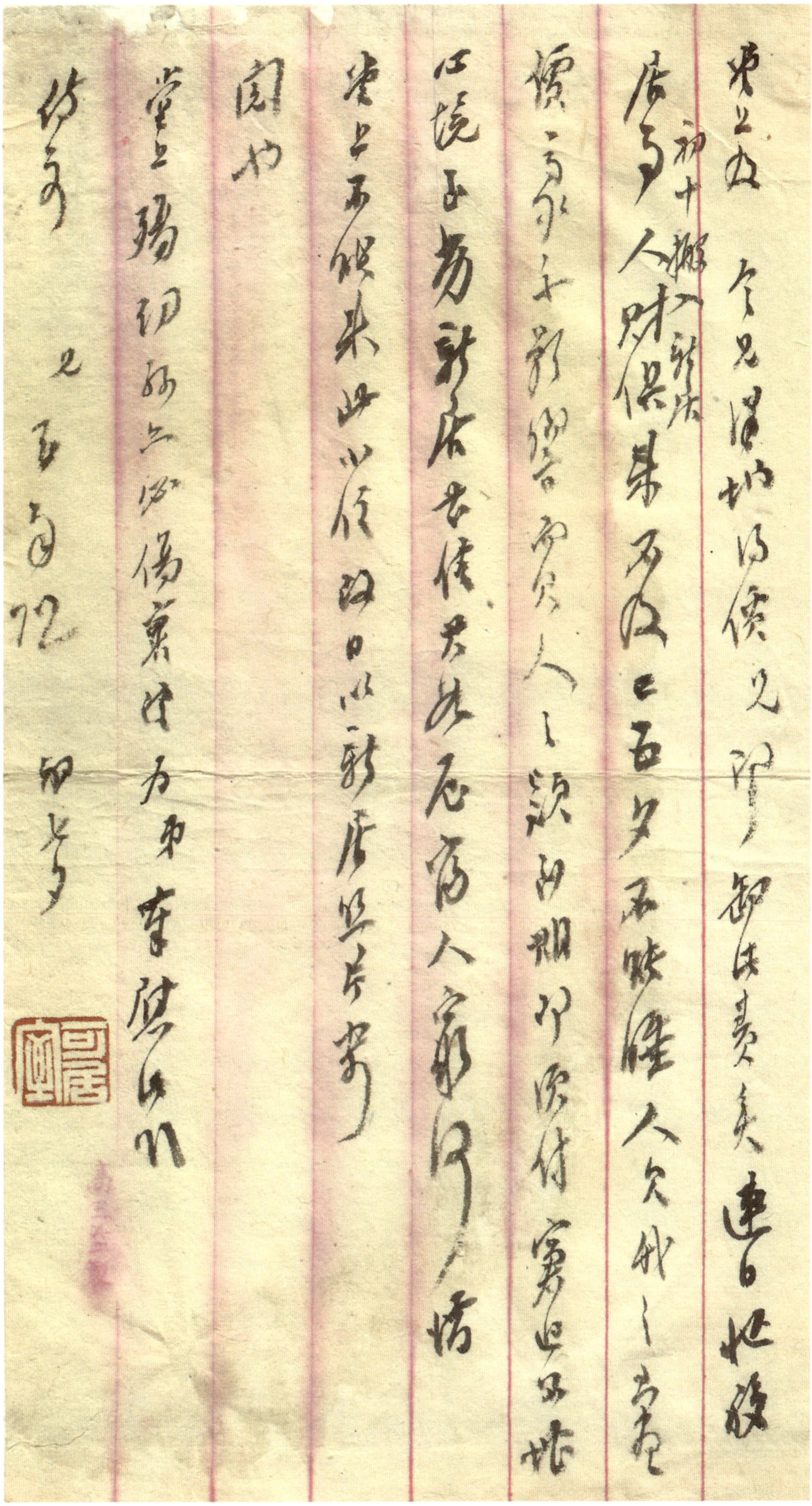

## 壬子秋　民國元年（一九一二年）　京都

緯、恒兩弟如握：大學理工科災，去藏書樓尚數十丈，兄之藏書無恙也，承兩弟詢問，至謝。程件尚未到，鄂書板到，請向　趙學翁將舊存之傅氏叢書板同寄東，至感。請告　趙學翁，承贈之書，謝謝。敝刻叢書約下月可印成也。劉惠之兄碑目奉覽，祈轉交冰泉。兄近又目不佳，小女事究如何，目疾蓋因此着急也。此頌
侍安　兄玉再拜　廿一日

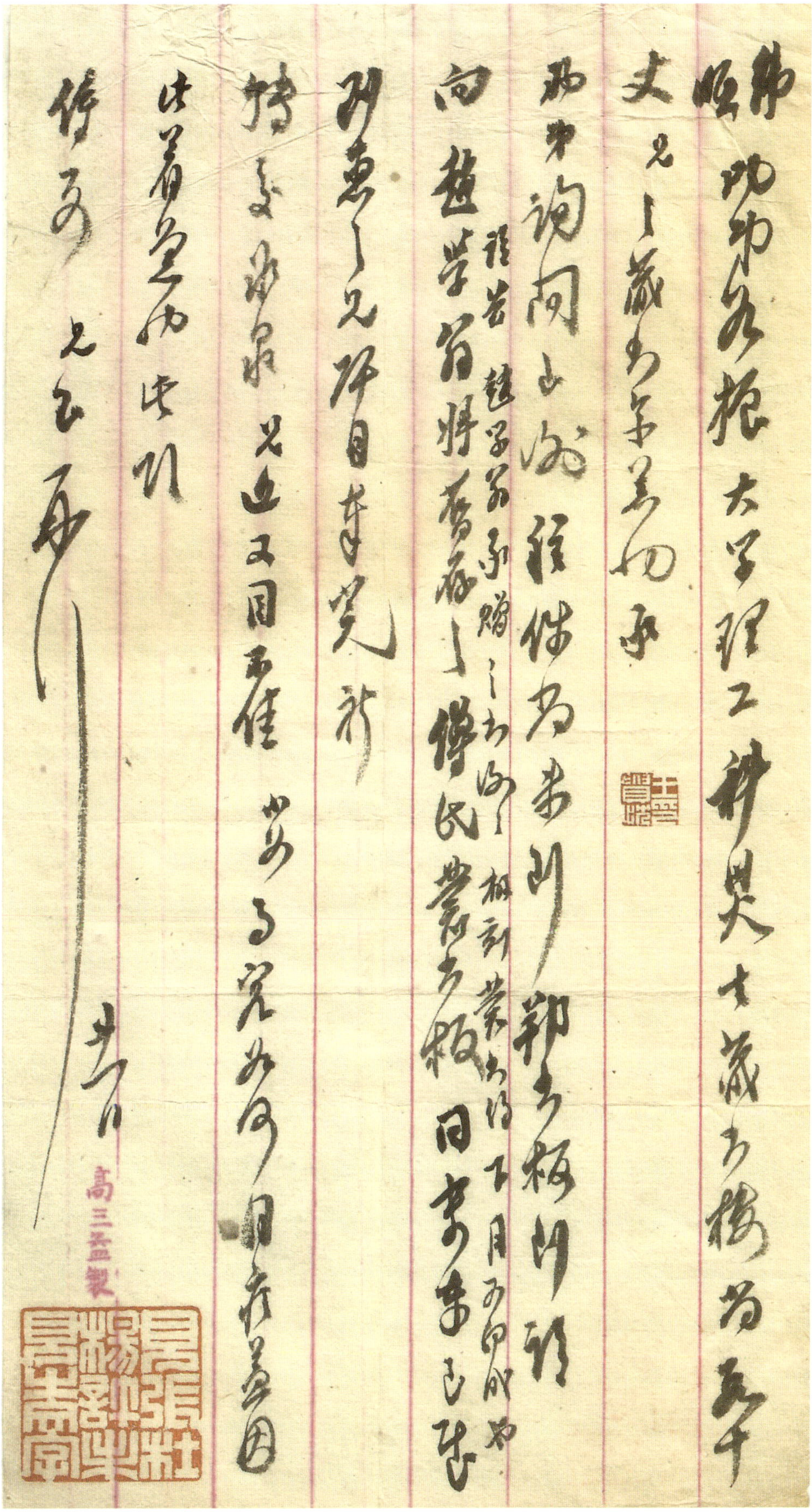
高三益製

## 廿一日

恒弟如握：前日明信片到否？今日閱報，知「筑後丸」初七始能啟行，為之急殺。況弟之困守舟中耶。然無可如何，但有忍耐耳。

尊體想安好，諸祈

珍重。　令兄致兄之信，請謄寫一分寄來（原信仍存　尊處，恐有遺失）。此次携來之件共裝幾箱（用何等箱），

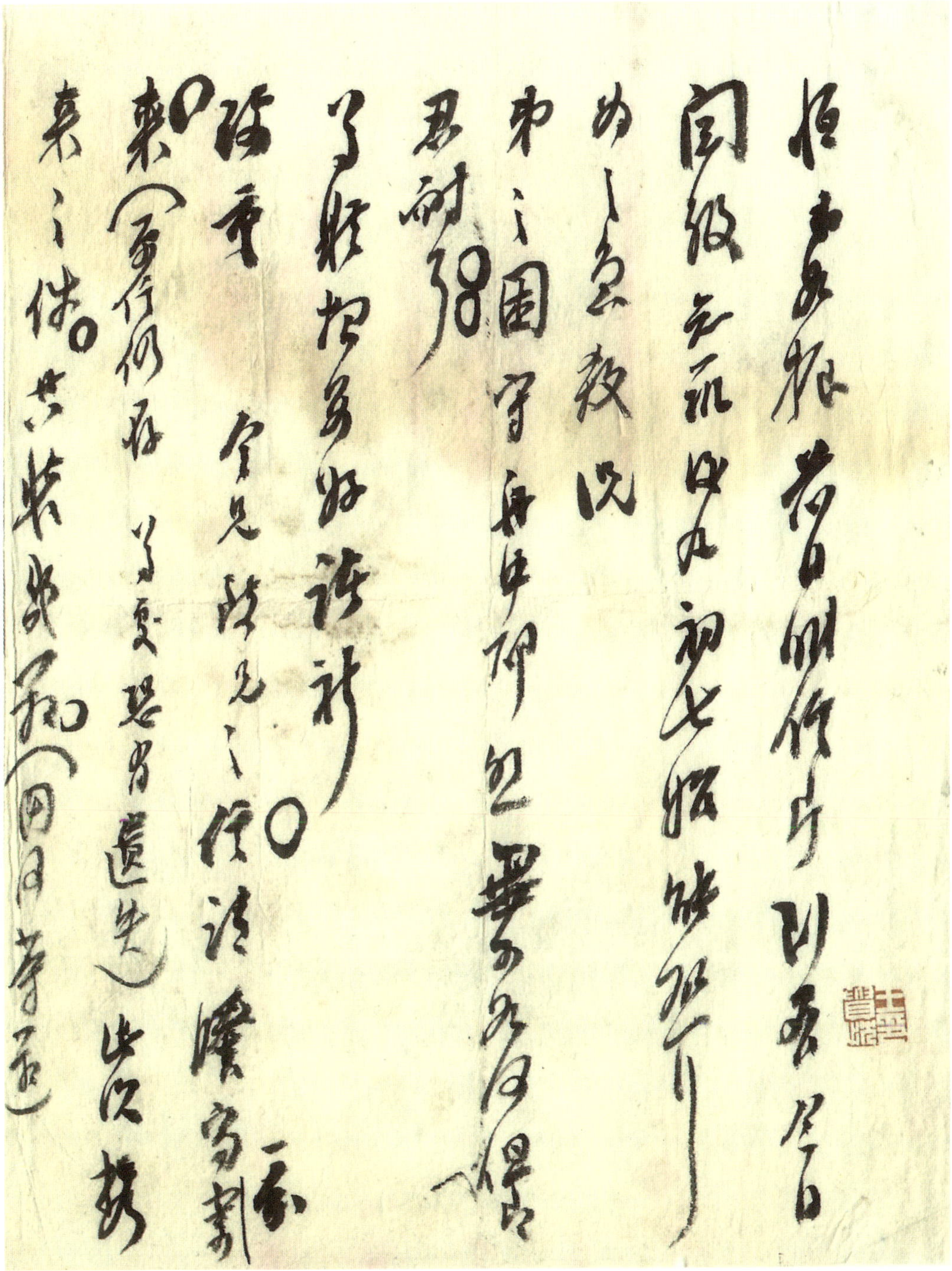

弟此次是否坐二等艙，在停泊中何以自遣，均祈一一示知。恐行篋無郵票，寄奉四張以便通信，亦船中消遣之一法也。宋拓《唐慈恩寺題名》兩卷，係弟攜來抑係郵寄，亦望示我。今見信，言初七寄，今兩禮拜矣，仍無消息，念之殊甚。此請行安　兄玉頓首　廿一日

子敬囑致候。

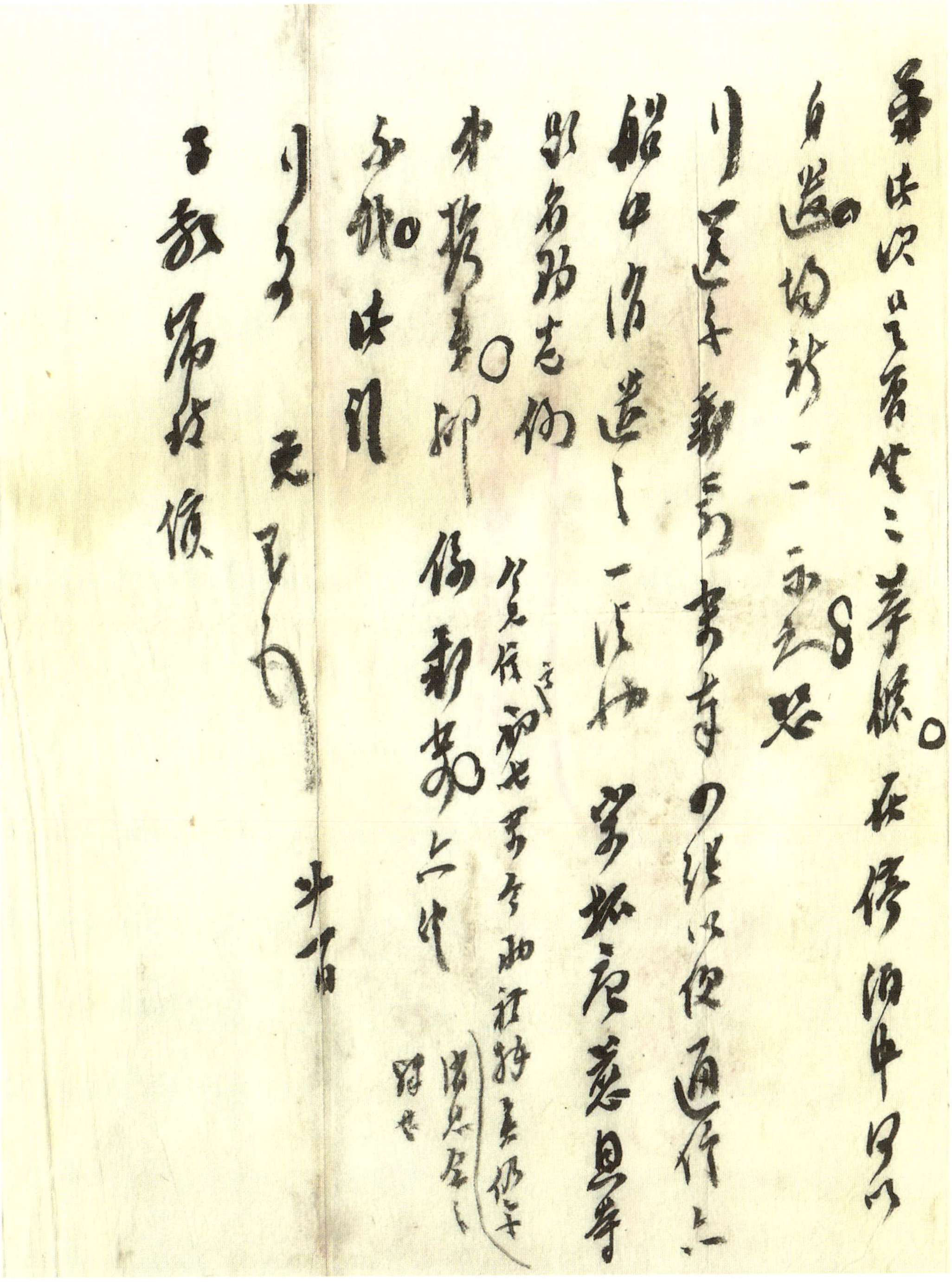

## 十九日

二弟如握：得

來書，但有太息。惟小女不聽　教訓，是其

自作之孽。若

弟等與存客氣，則不啻害之；若

弟等能不以姑息為愛，嚴定規程令其必

遵，甚善。否則聽其歸潁，是絶此女之生路，

渠乃生死利害全不知者，兄亦無如何也。明春兄仍接之來東，斷不久累　弟等。給渠書請　講與聽。書畢

浩歎。此請　侍安　兄玉頓首　十九日

上次來，囑祕而不言。舅舅對外甥女如此恐落嫌怨，尚何説乎。

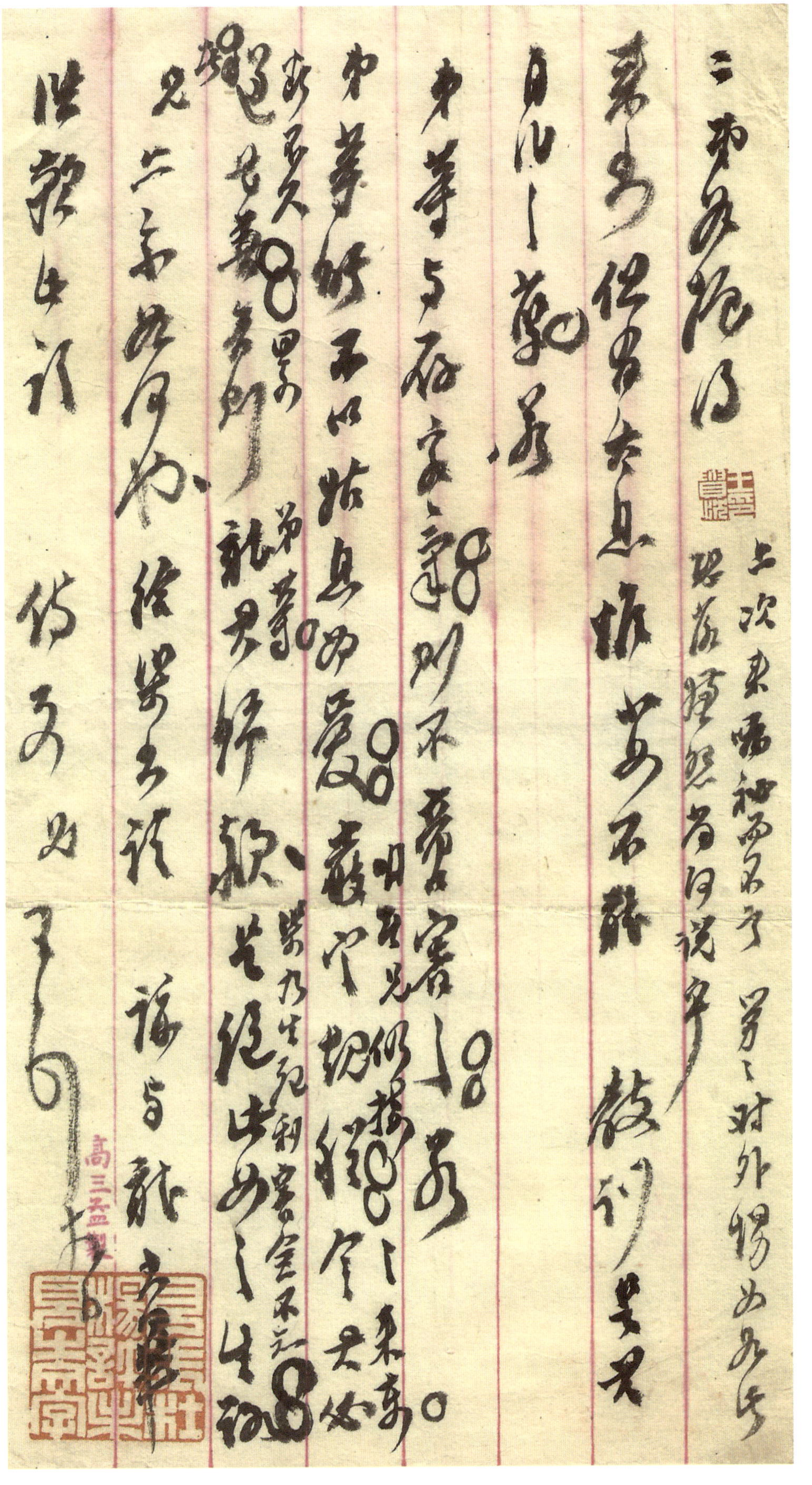

再，此書祈　裁下與紹周看。總之兄現決計，不忍令小女返潁，千祈　圖之。在滬用費，每月由兄寄奉不誤。萬謝萬謝。此數行不必與觀。

再，小女此行，兄甚不放心，因其悲慘異常，祈時時慰藉之。幸甚幸甚。

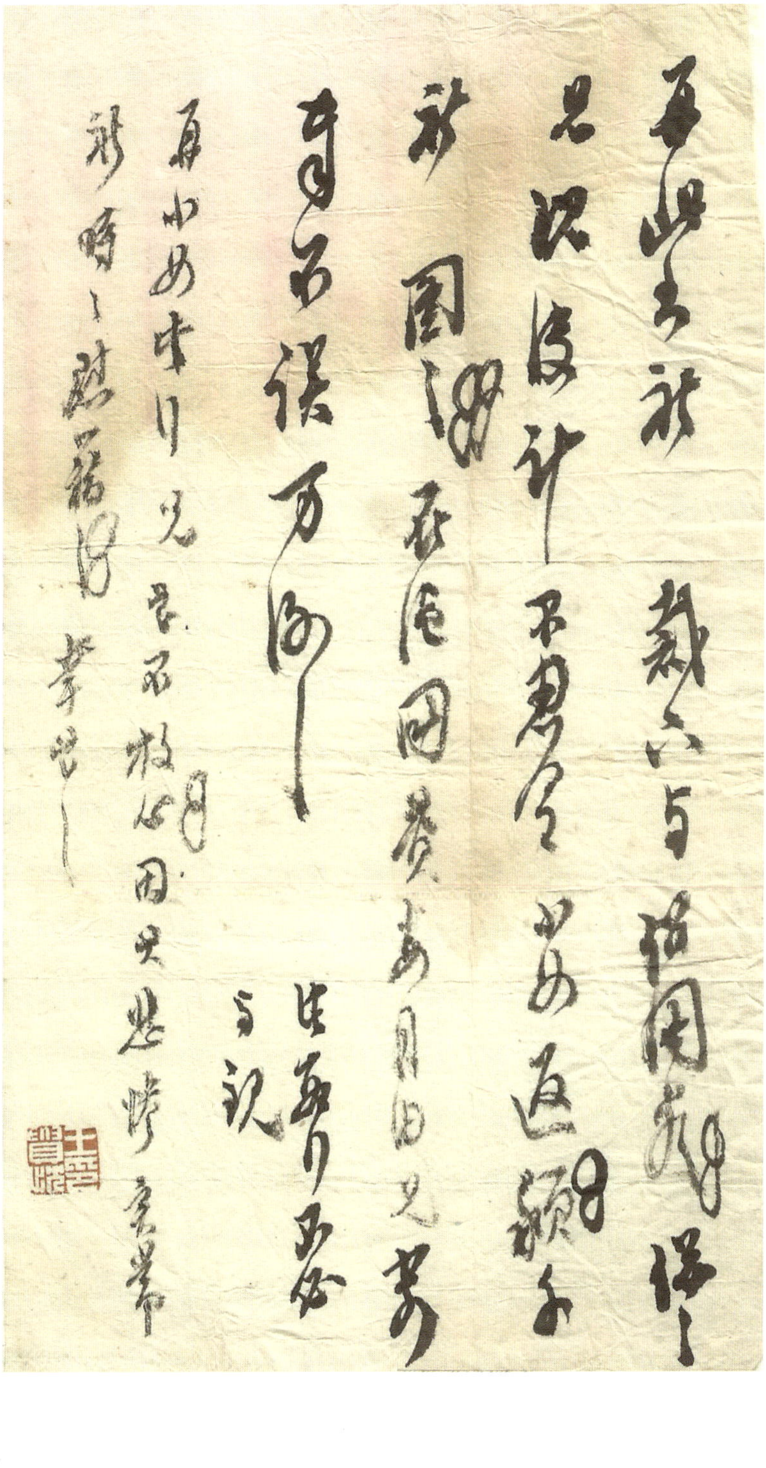

再，近李竹朋古泉到東京，精美絶倫，當世無兩，索價七千五百元，然博物館僅出二千元（此外無一顧者），其物若以弟售泉之價例之當值三万元，以兄售價例亦值二万元，弟之泉得售厚價，幸矣。

再過此後用此法則書畫類及他儀器
古玉兩類與博物館價（原價七千四百元）減價共二千元（此係等一酬答）其餘
益此
中書畫之價例之高值三萬元此番減價例之
值二萬元
中之最得意者價甚大

高三益製

## 無日期

恒弟如握：得　手書，知小女暫得駐滬，稍慰。一切費神，至感。紹周家事究如何，望詳示。徐州匪勢猖獗，潁與接近，不返潁，差釋遠懷也。目未愈，草復。此頌侍安　兄玉頓首

堂上前叱叩。

小女在滬應貼之費，三五日匯寄。

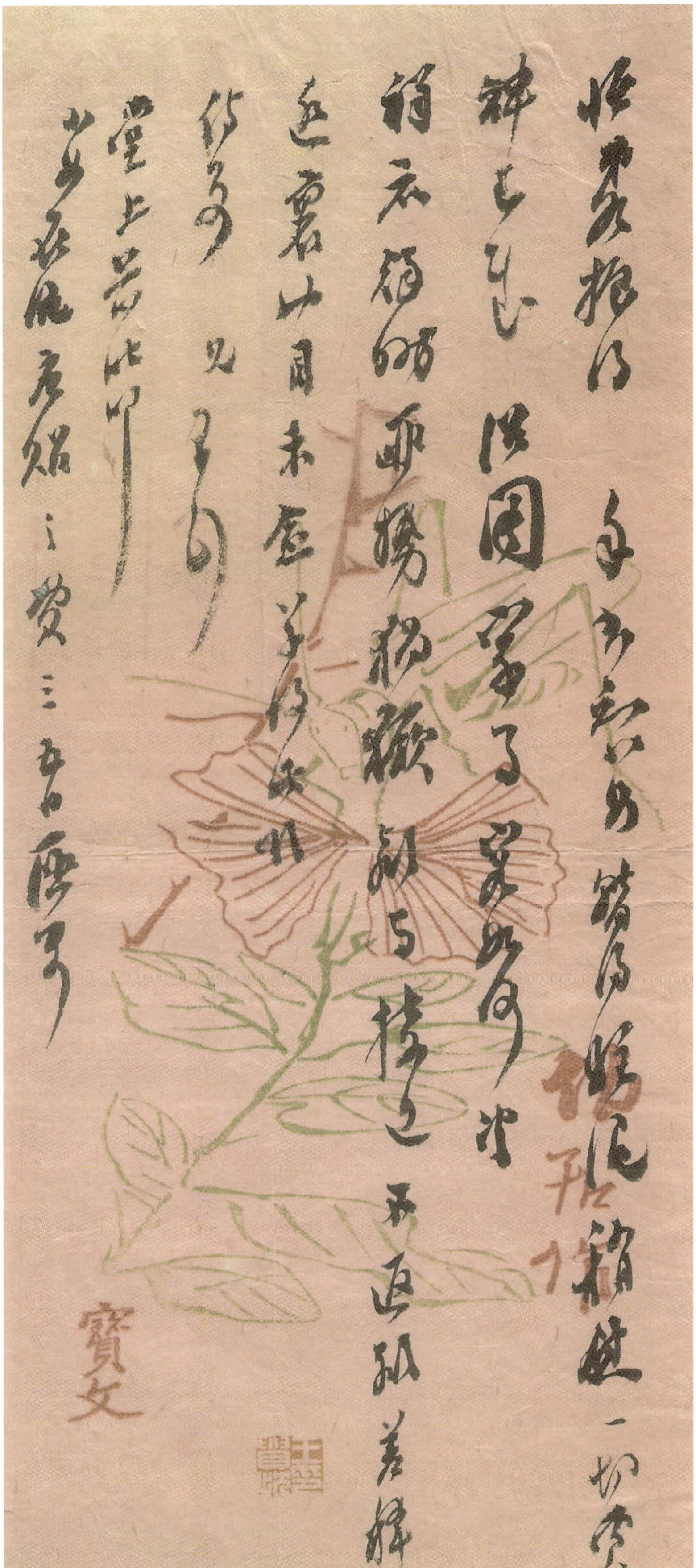
寶文

## 戊午　民國七年（一九一八年）　保定

衡弟如握：昨夕到此，憊極。振事待商，又須履勘，恐十日以後乃能到京，遲速不能定，現寓河北地緯路大安旅館弟廿九號。山樵畫、君車拓本已帶來，有便即先繳。車行所經，令人慘目，災重欵絀，無法再籌。前購晉誌若尚未購成，則該價擬撥充振用；若已購成即請將石速運京，兄親攜歸。乞與　授公一商。兄連日議振事甚忙，千祈不必來此。此間事了，即可詣京快談。到京除　授公、寶公三四人外，不見他客，幸勿為人言之。病體支離，不堪酬對。　兄玉頓首

授公同此不另。

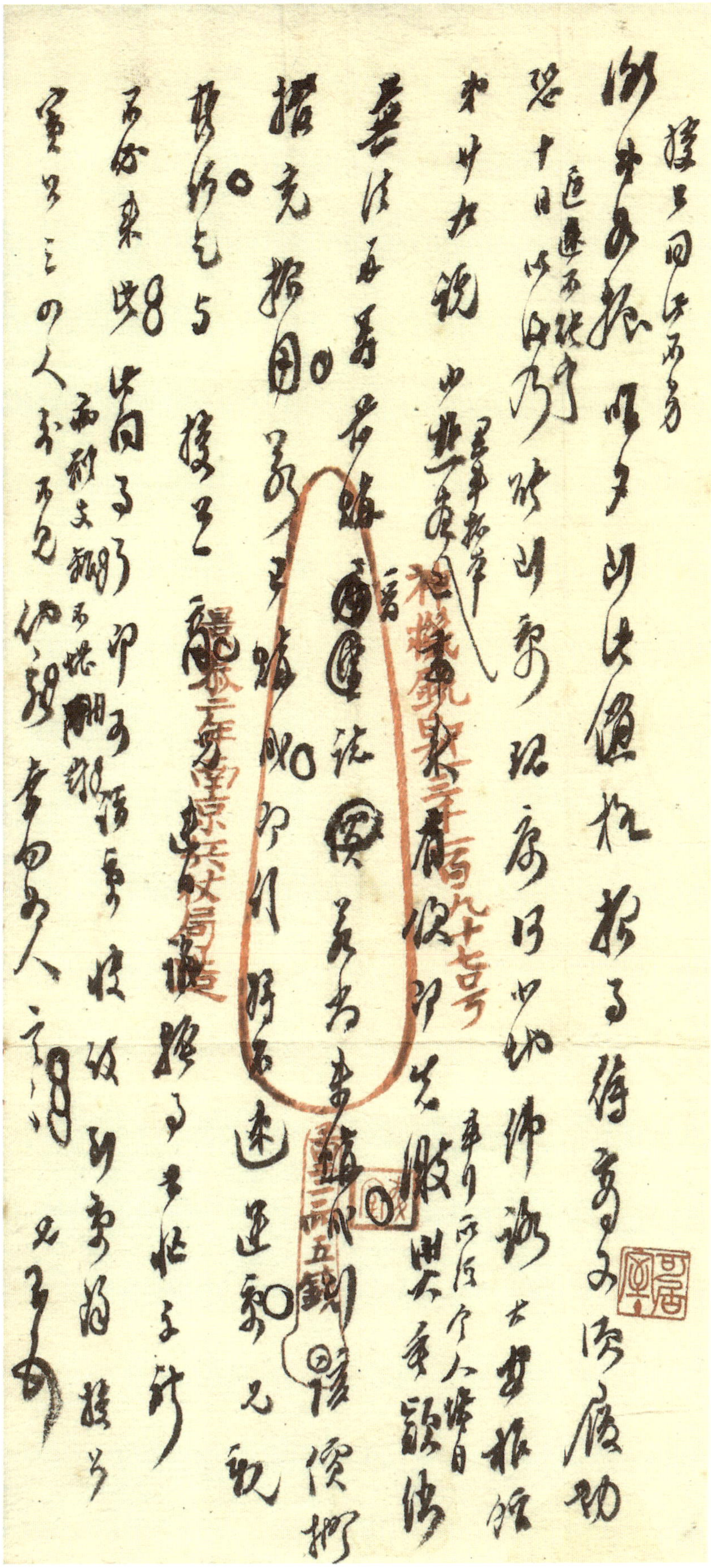

## 庚申　民國九年（一九二零年）　天津

衡弟如握：連日
堂上日漸安復否，兄及家人系念萬狀，望
詳示。令兄想已行矣。明人集，合陳松老及廣州孔氏
明人集，已鈔目奉
覽，合得三百十四部，皆難得者，其普通國朝板皆削除，約
合淨本七千元，陳書日幣五千六百元，其時洋價約一元一角餘，故索價八千，此間文林閣言，足值八九千
也。若有人即購迅付價，則照本七千元亦可。若暫時無消
息，則請
將目録寄回，有他户須看也。近來枯窘萬狀，故盼望
甚急。費
神至感。此請
侍安　兄玉手啟　初二日
得淮電，五兒聘婦急病夭，特附　聞。

澍才先生足下

前上日郵寄還書，兄及家人手書，當蒙收覽。

覆示○○，令兄那行矣。明人集各論拓本及庚細拓民

明人集子前目並

往古日擬售五千六百元，共時得價約一元一角餘

賞今得三百十四部，皆躲得者，共著通，同初板，皆前深佩

合計本七千元，擬索價六千。此間文本閣于三值以五千

如蒙留人即購，○○○○速將價照本五千元亦可○。若蒙許時亦消

○息則計

將自擬寄四○，有仰乞撥寄也。迺來指覆手狀，故順候

著安

弟日又上此則

即兄又九　弟頓首

如定五月郎患病未附問

## 無日期

衡弟如握：

賜食物拜收，謝謝。帳目亦收到，費神。茲奉上拙著二冊，乞令劉掌櫃迅改正。授公處帖價，請匯付劉掌櫃為荷。此頌

侍祉　兄玉手啟

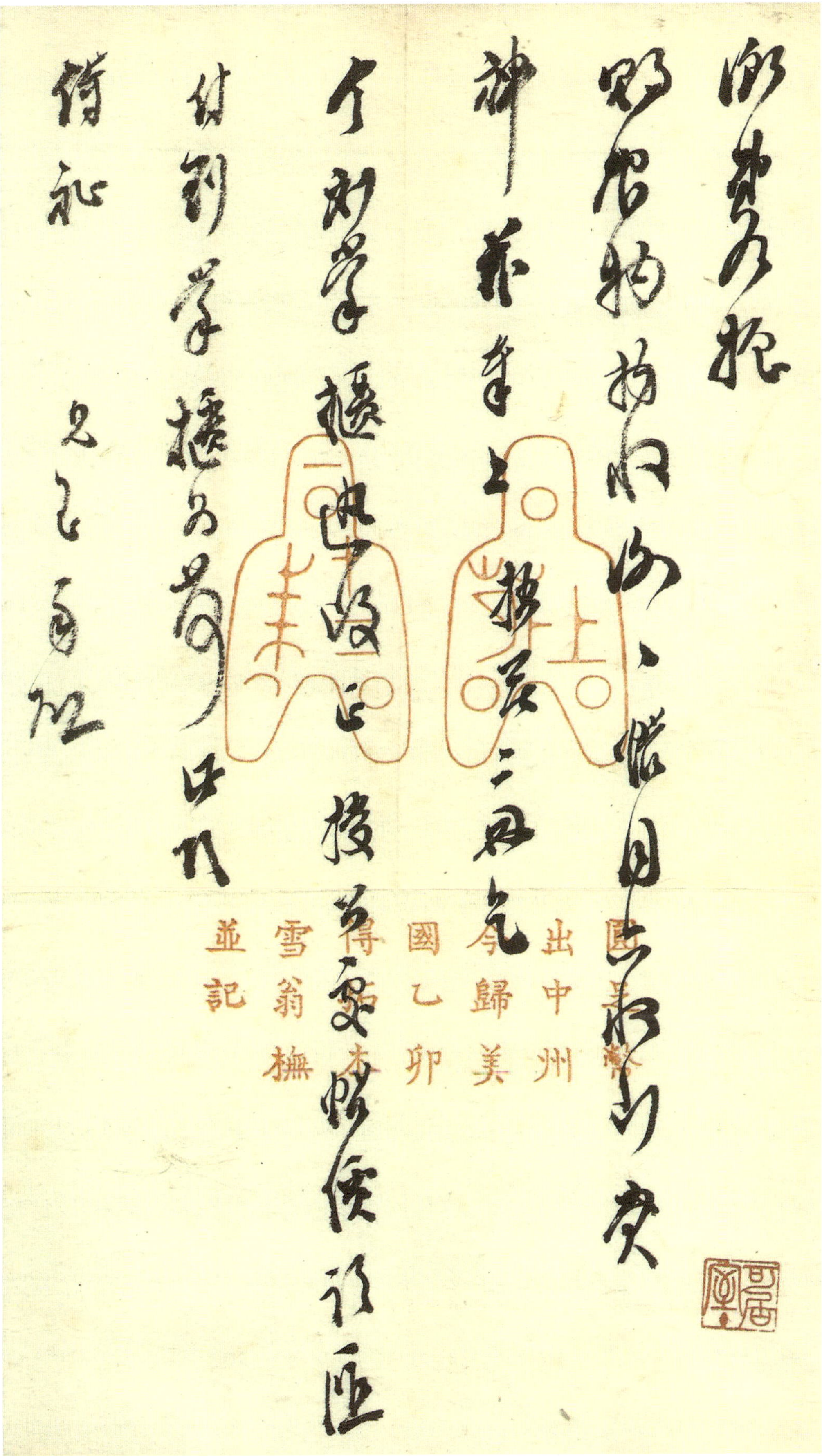
出中州
今歸美
國乙卯
雪翁撫
並記

## 初六日

衡弟如握：墨二匣乞還式古，魏誌一篋，弟包一奉完，祈

撿入。此請

侍安　兄玉頓首　初六日

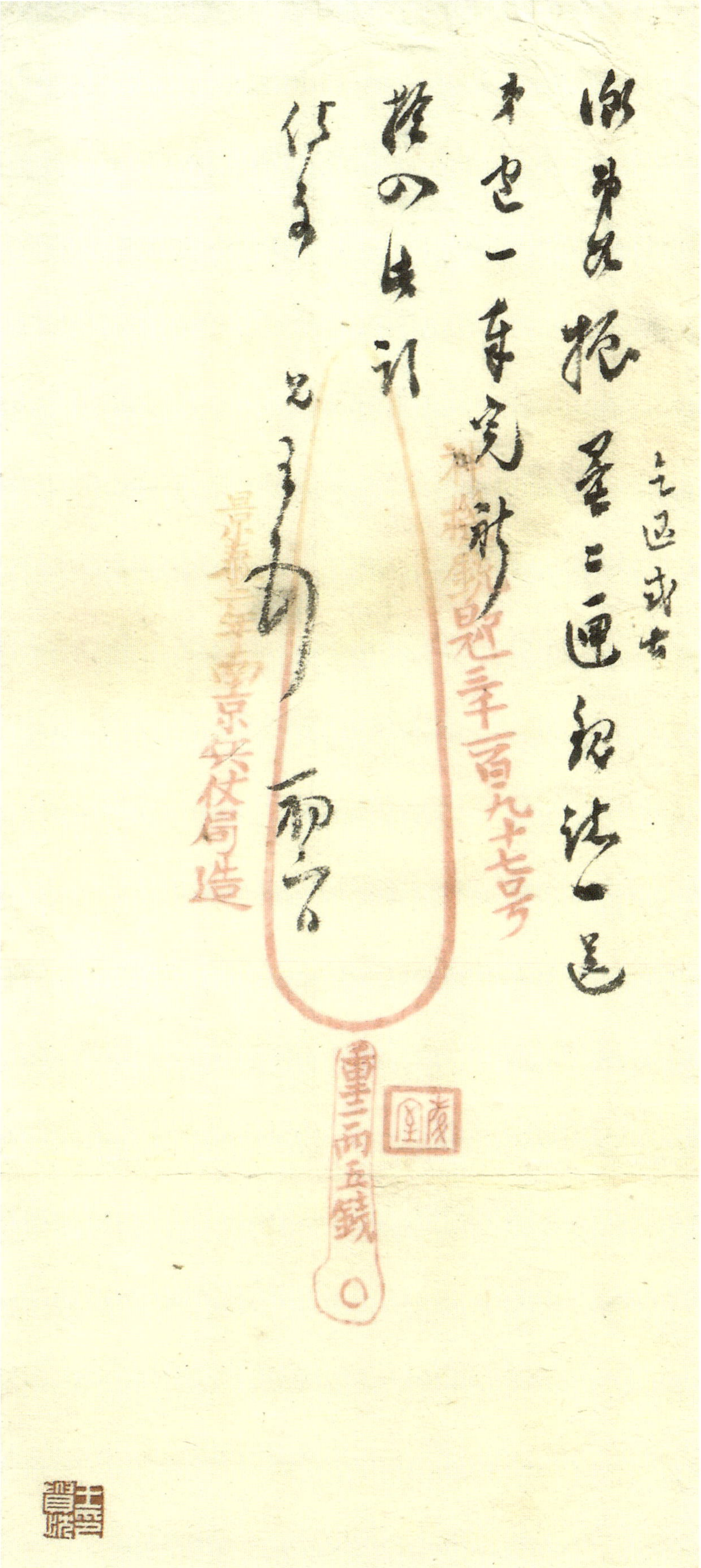
重二兩五錢

## 壬戌九月朔　民國十一年（一九二二年）十月二十日　天津

衡弟如握：得廿九日

手書，已悉。□□俟體健再來，不妨多歇幾日。《元延明

誌》俟見拓本乃能定，兄近力亦甚絀也。打碑人四五日

後定趨

前。此請

侍安　兄玉再拜　九月朔

竇公各件已代致否？拓銅器事如何耶？

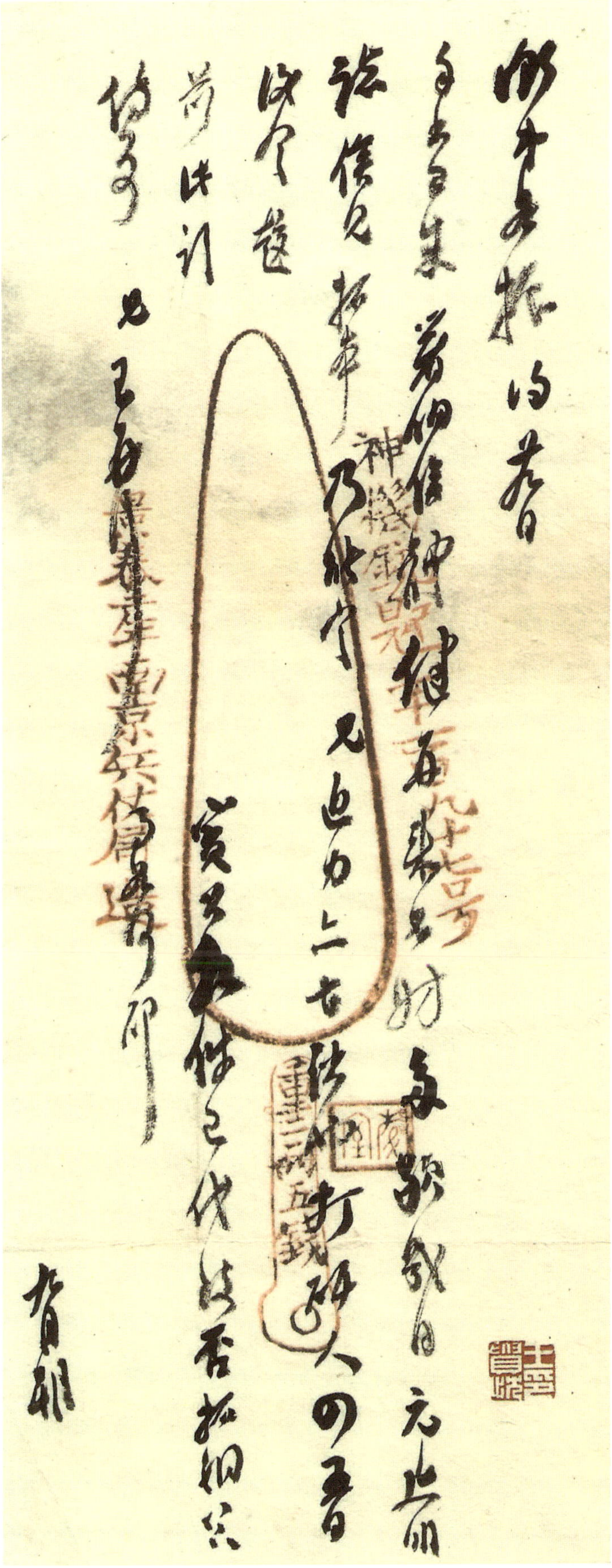

# 二 题跋和书作

## 六朝人書迹跋

唐經生書稍有傳世者，六朝人迹則至罕，除日本西京博物館所藏陶仵虎寫經外，殆無所見。癸未春得此殘字二十三行，審是六朝人真迹。爰刻之以質海内同好。光緒乙巳春，上虞羅振玉記。

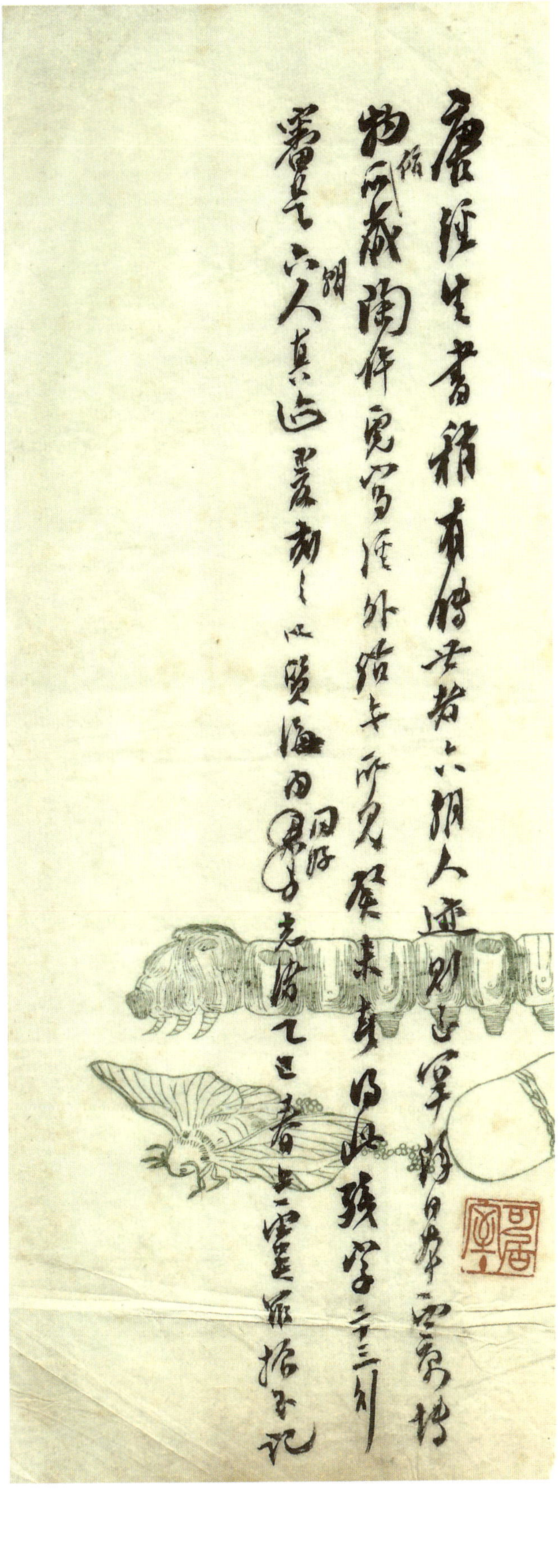
唐經生書籍有傳世者六朝人迹則至罕日本西京博
物館所藏隋唐寫經外結與所見癸卯來東乃得此殘字二十三行
審是六朝人真迹爰刻之以質海內同好光緒乙巳春上虞羅振玉記

## 小型空首布跋

此及下三布，皆文與傳世小布同，而上有圓銎可施柄，殆仿田器之錢，錢之名義所由起也。後乃廢去其銎，遂為平面之小布矣。空首布上有方銎，尚畧存錢制，此考古幣制者所未知也。乙丑六月二日，羅振玉記。

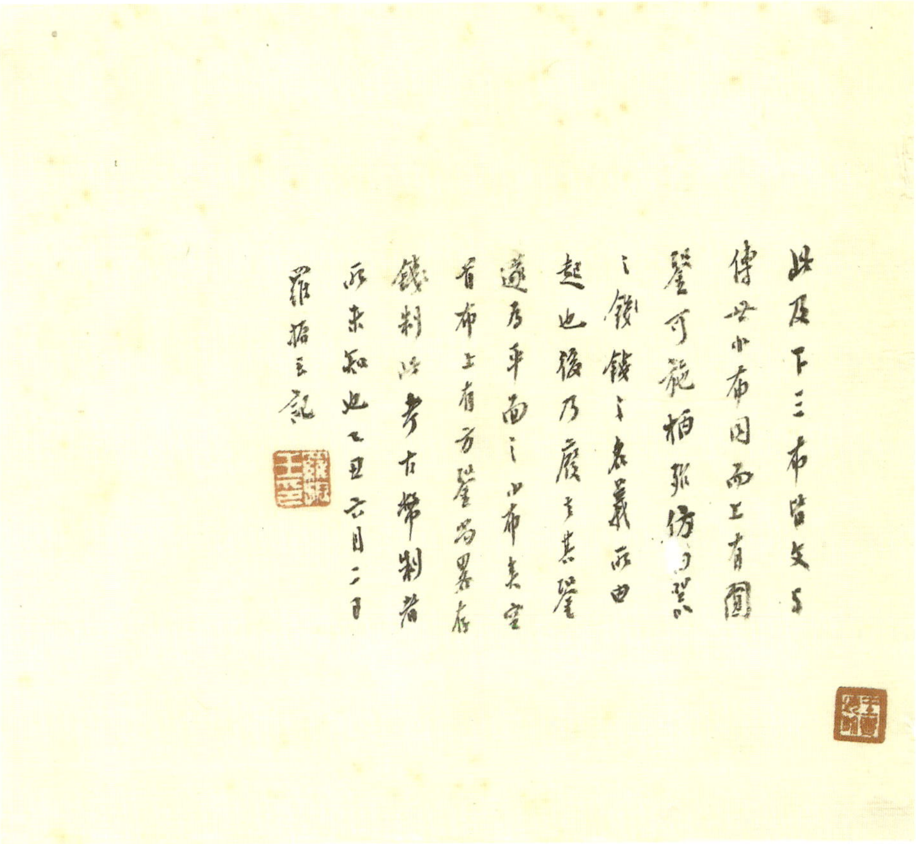

此及下三布皆文字
傳世小布因而上有圜
鑿可施柄形仿田器
之錢錢之名義所由
起也後乃廢之其鑿
遂為平面之小布其空
首布上有方鑿尚略存
錢制治考古幣制者
所未知也乙丑六月二日
羅振玉記

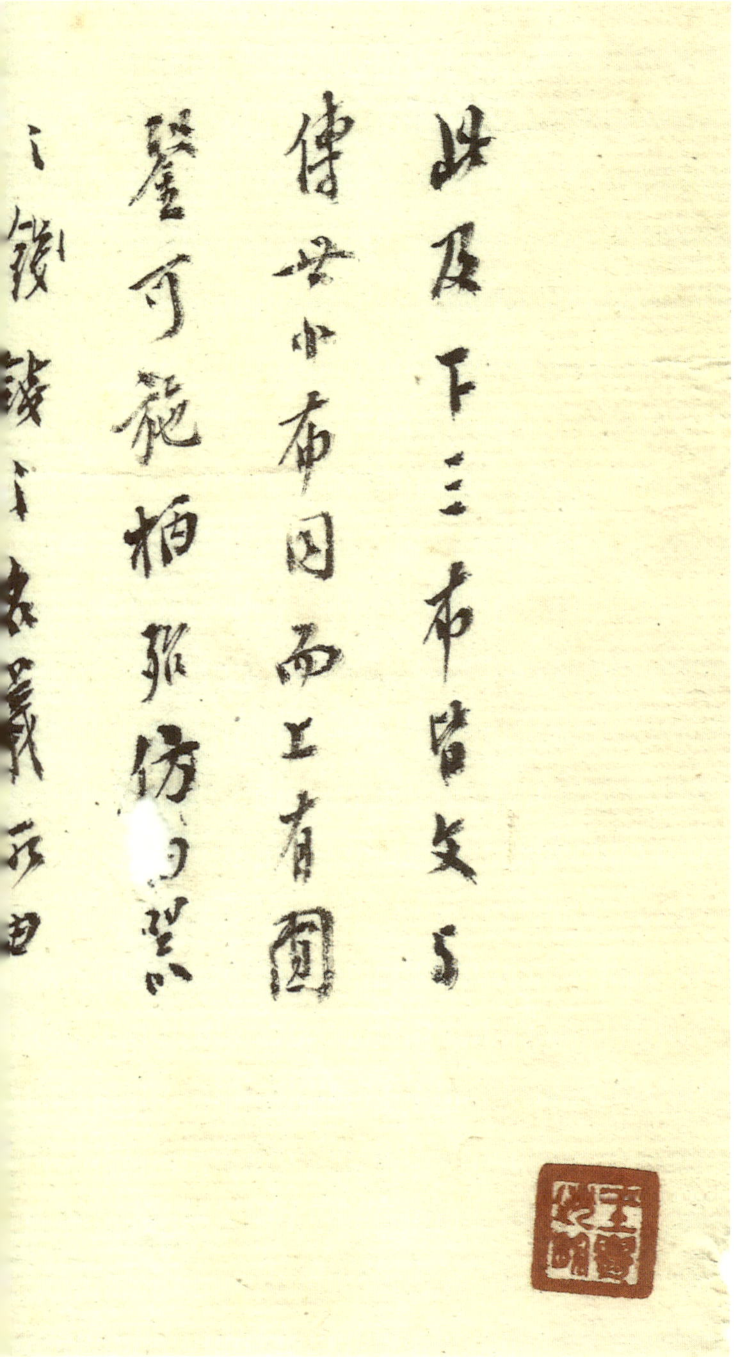

(全圖放大)

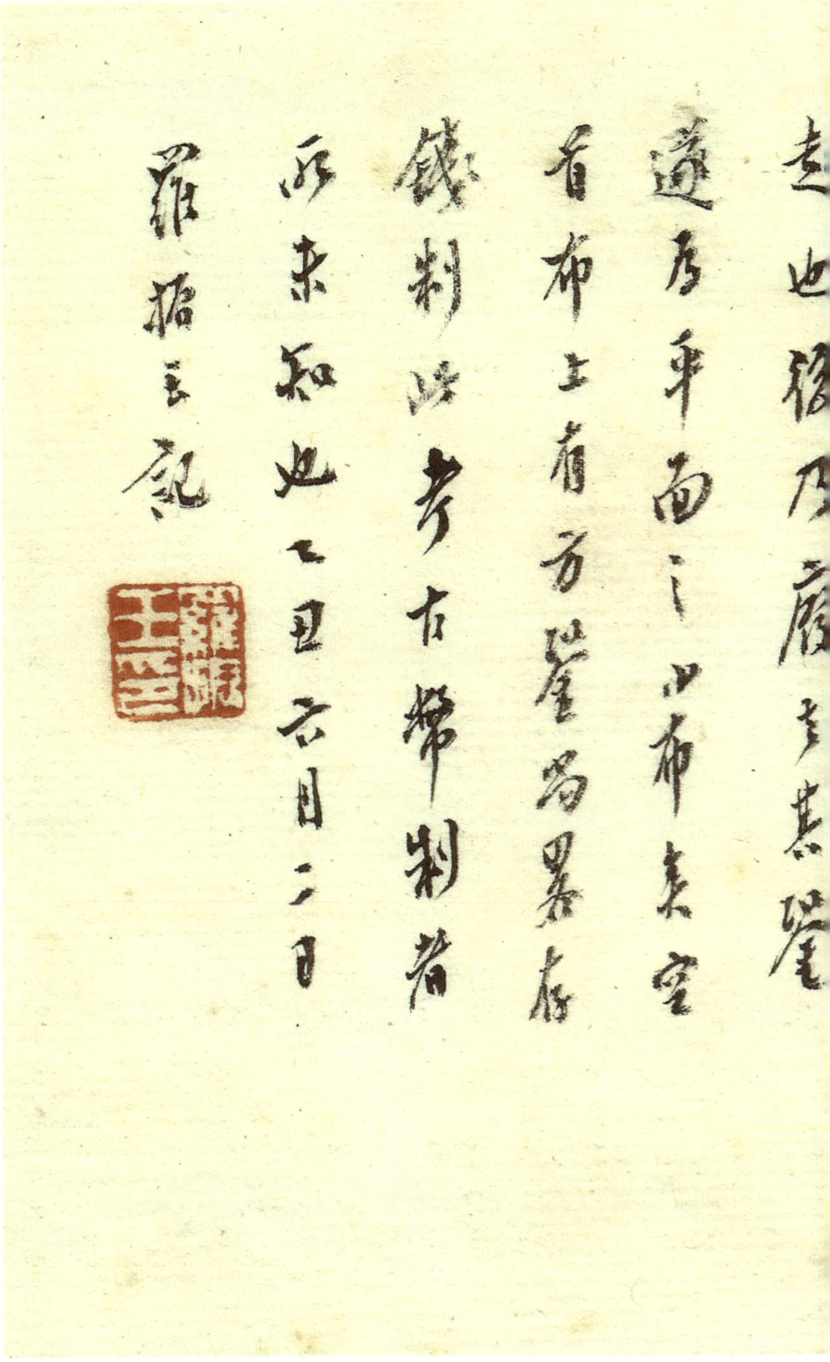

者也後乃廣之其穿
遂乃平面之此布表空
首布上有方穿為異存
錢制此者古幣制者
所未知也乙丑六月二日
羅振玉記

# 日本天平及天平勝寶具注殘歷跋

日本具注殘歷二種，正倉院藏。一存十七行，起十二日甲子，訖廿九日辛巳，原題天平十八年歷。一存十八行，起十七日庚午，訖四月三日丙戌，原題天平勝寶八年。案：天平十八年當唐天寶五載丙戌。唐自開元十七年用大衍術，是年正月三月皆癸丑朔，十二日得甲子，此殘本有「廿五日乙亥，蟄雨，三月中」語，蟄雨乃穀雨之誤，知此為三月殘歷也。天平勝寶八年當唐至德元年丙申。是年三月甲寅朔，四月甲申朔，三月十七日正得庚午。知日本聖武、孝謙之世，歷法均用唐大衍術也。兩歷每日下所注神煞吉凶，以《欽定協紀辨方》考之多合。予往于西陲木簡中見漢歷，于鳴沙石室見五季歷，而唐歷未之見。今得見此殘紙，復得窺見唐歷一斑于南京遺芳中，惜僅存此斷簡，不得見全豹耳。丙戌八月。

予舊藏鳴沙石室殘歷三種，曾印入《敦煌石室碎金》中，其第二種存三十行，起正月廿七日，訖二月廿三日。予以正月癸酉二月癸卯朔考之，唐天寶十二載及會昌六年、後晉天福四年皆然，因歐洲所藏石室殘歷皆五季及北宋物，故肊定為晉天福歷。但丙字避唐諱作景，月朔前記月厭、月煞、月破，又每日下所注神殺如歲位、歲對、歲前、小歲等，則天成及宋湻化歷所未有。故定為晉歷，私心亦以為未確。今以此殘歷校之，所記神煞正同，知彼亦唐歷，非晉歷也。十載懷疑，一旦竟得解決，為之忻慰無已。十一月望，又記。

# 汴學石經宋拓殘本跋

汴學石經，予往在海東，曾以《周禮》《禮記》舊拓本縮印入《吉石盦叢書》中。及由海東返國寓津沽，始得山陽丁氏所藏宋拓複葉《易》八行、《書》五十九行、《詩》十六行、《禮記》六十九行、《周禮》七十行，影印以補舊印所缺。此四經中，僅《周禮》七十行中之八行今尚存，餘均已佚者也。近年復得宋拓殘字總百七十八行，計《書》四行、《詩》八行、《周禮》卷一百十行、卷二四十行、《禮記》十六行，與前冊稍有複重，殆亦出自丁氏所藏也。予既取付裝池，乃與舊藏合為一冊而記其後。

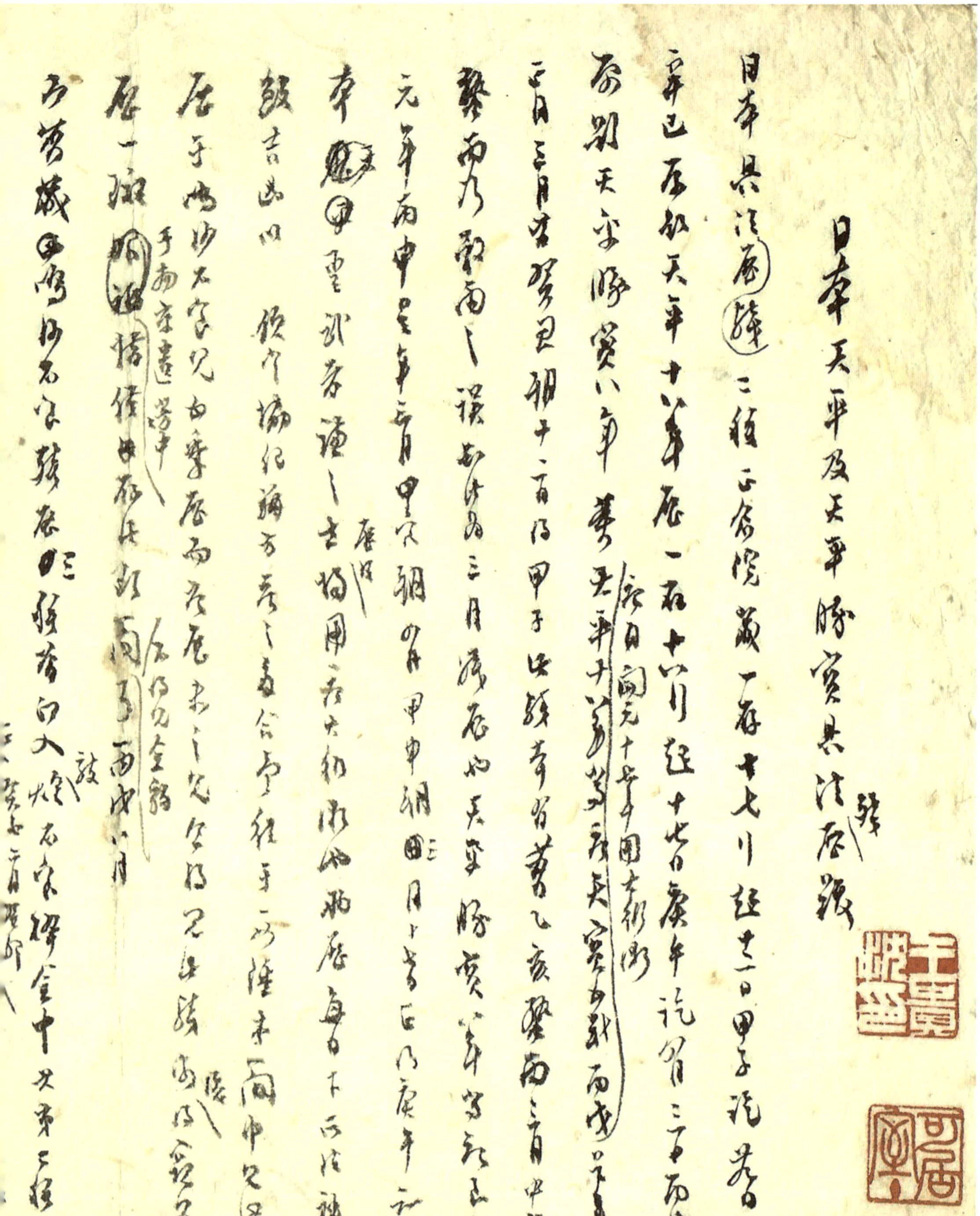

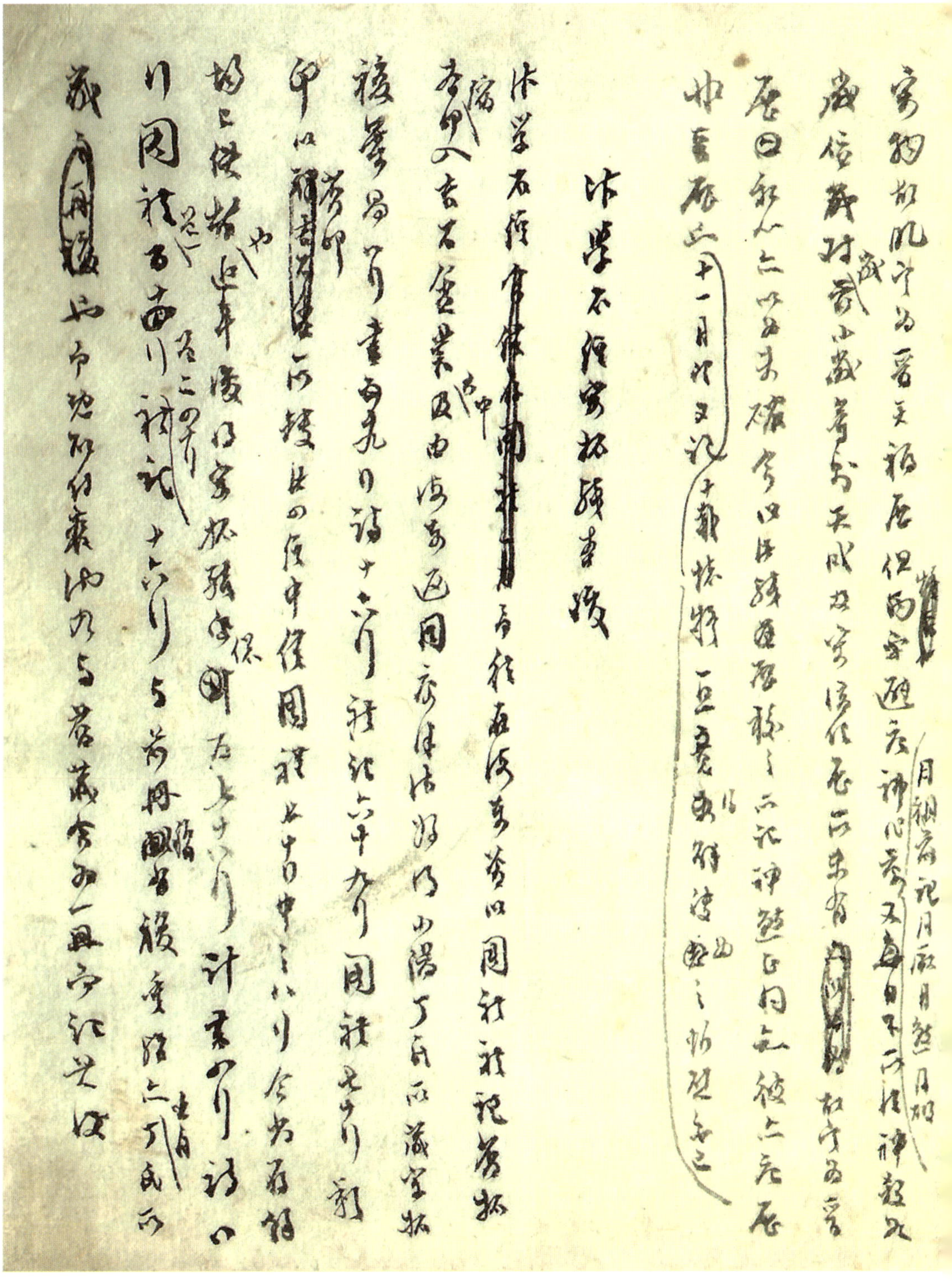

# 魏郡鄴□允字子游殘碑跋

此碑十餘年前出安陽，存字十二行，除首二行及末行行存七字，餘皆行八字，書體及行數與子游殘碑同。予詳考之，知即子游碑之上截也。合新舊兩石讀之，中間但闕一字，以末二行銘文考之，知下截每行殆佚十九字。碑稱魏郡鄴□允字子游，允上乃其姓，今不可知矣。其人曾舉賢良方正，碑文有「戊戌詔書，以有□寇廣延術士，永初□□」云云。考《後漢書・安帝紀》，永初五年二月，「先零羌寇河東，遂至河內」。閏月是歲閏三月戊戌，詔「三公、特進、候、中二千石、二千石、郡守、諸侯相舉賢良方正、有道術、達于政化、能直言極諫之士各一人」。秋七月，「詔三公、特進、九卿、校尉，舉列將子孫明曉戰陳任將帥者」。碑中所云「以有□寇廣延術士」，謂先零羌入寇，及舉明曉戰陳

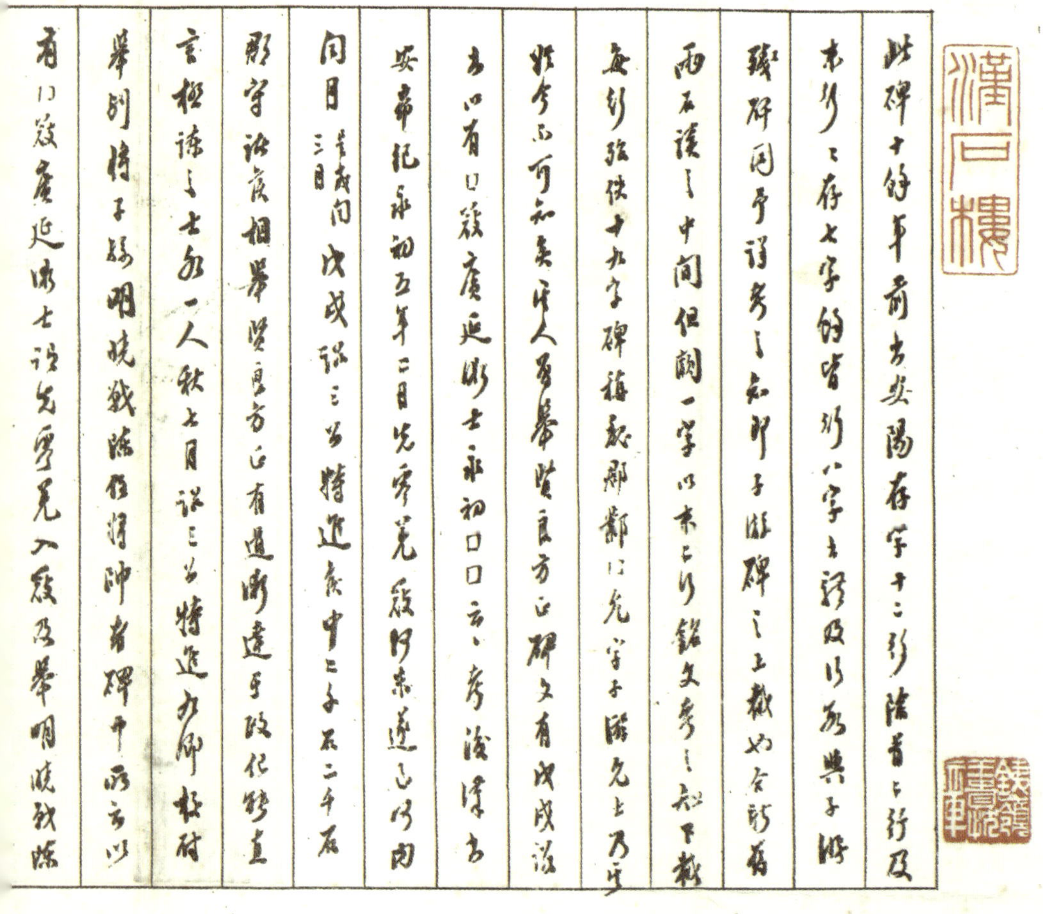

而已。此石出土後舊石即佚，惜兩石不得合併，今姑合
寫二石之文于下，以備參考。丁卯六月，上虞羅振玉
書于津沽寓居之四時嘉至軒。

□賢良方正魏郡鄴□允字子游於傳載□□
□中葉有陵相重遭□奚之難扶危翊□□□
至莒郡太守荆州牧□載不隕以傳于□□□
行篤言忠否則獨善□琴右書不倦是□□□
仕就職瘠馬羸車直□事人犯而勿欺□□□
佐州戊戌詔書以有□寇廣延術士永初□□
將公徵應時屢旋不□不惠可不之聞是□□
元初二年六月卯午□無閔憚遠近同哀載□
以古人不貪榮爵之□而貴不朽之名故勒斯
考明守是保亢謀聖□敷我漢道厥敷伊何消
昔乃顯祖節義高明□在聖漢有莒有荆君□
□□喪世亡英彦國□□□□銘□□□□□

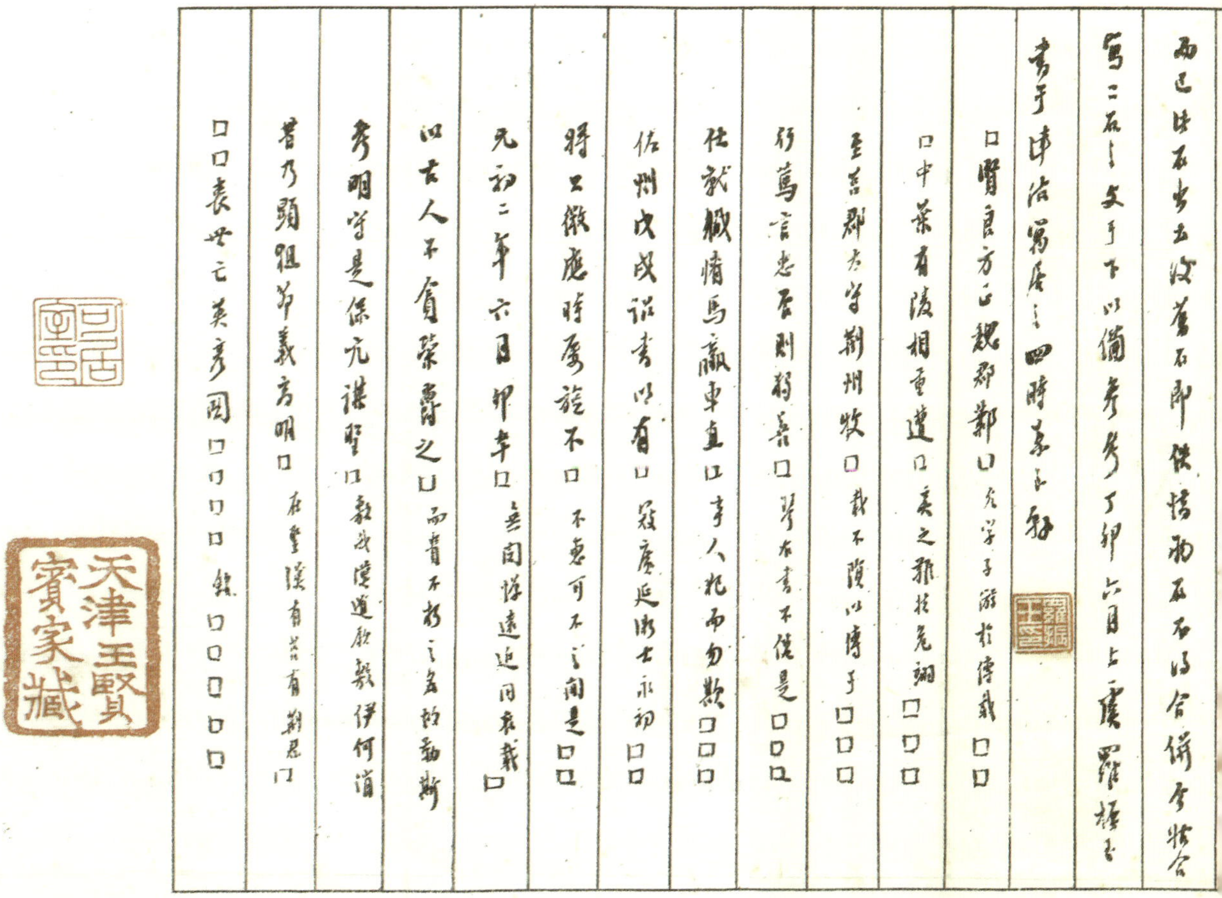

# 魏密雲太守昌國子霍揚碑跋

魏密雲太守昌國子霍揚碑，二十餘年前出山西。碑字大徑寸，十七行，行二十七字，文極鄙陋不甚可解，書亦拙朴。碑首有穿，穿上刻花紋，兩旁額字各一行，行四字，文曰密雲太守霍揚之碑，篆文尤繆戾，不合六書。以晚出，為前人所未見，録其文於左。

君諱揚，字榮祖，河東猗氏人也。基自周文，茂流遐□。漢大司馬大將軍光之胄，晉交州刺史□之胤，苻清淵侯猛之曾孫。祖樹慠世靜栖，志康四公，姚諮儀參軍明之子。曁于揚也，幼緒遜弟之義，長表經博之方，騰□南遊荆吳，是好漸九聽臬，馨聞拂天□　詔才官，簡昇良碩，授龍驤將軍，肅明政功，暉于時務，乃自遠尋朱生，取□於夲□，近思⿱宀豈國行義以匡政，於是達命辨機，亢忠歸誠，特蒙聖　旨，待以殊禮。揚有□質，天孫叡略，煥世文武，緯化幹俟。時頃賜振威將軍，密雲太守，昌國子。自非崿岫清漣

詔上空一字

旨上空一字

呢以酸吟。子冗從僕射，臨汾令，昌子霍珍纂脩父道，忠孝竝宣，奉還神宅，終願永訣。時臨汾人張保興、梁祖脩等紼送葬故，哀德哲之潛世，徽音之叏絕，乃刊石銘碑，述之云爾。其辭曰：　　　誕崇玄哲，基隆遠扇，根自周爰，宋魏□見。光栝住葉，芳流後勸，玉質金英，誰不頃願。

　靈曦象煥，坤□合□，庤類靡氣，為生□□。孰能辨機，二宇裁蓋，密□樹頞，茂滋流藹。　　　遠聲昌國，祑貫奕世，斑爵方嗣，唯賢是□。飜翼祥雲，賔造仰涕，明迩道□，元暉無蘚。　　温温恭人，德愜時須，武□圿衡，文戎良儒。如何不弔，棄世潛居，銘石刊記，蹤歷長舒。

　大魏景明五年，歲在甲申，正月戊申朔廿六日癸酉建。

曰下空三字

願下空二字

藹下空三字

蘚下空二字

大字再低一格

一

魏密雲太守昌國子霍揚碑二十餘年前出山西碑字七徑寸十七行行
二十七字文極鄙陋漶累甚可解者亦拙朴碑首有穿穿上刻花紋兩
旁額字各一行行四字文曰密雲太守霍揚之碑以篆文尤繆戾不
合亦書以前人未見晚出者所保其文於左

君諱揚字榮祖河東猗氏人也基自周文茂流遐漢大司
馬大將軍光之冑晉交州刺史口之省荷清渕侯驃之曾
孫祖樹懷世靜栖志康四公姚諮儀參軍明之子暨于
揚也多緒遜第之義長表經博之方騰口南遊荊吳是
好漸九聽真馨聞拂天口　詔才官蘭羼良預接驪驤
將軍甫明政功暉于時務乃自遠尋朱生取口於本口迫
思盡國行義以匡政於是達命韓機亮忠歸誠特蒙
聖　旨侍以殊禮揚有口質天縱睿略壞世文武緯化幹
侯時須賜振威將軍密雲太守昌國子自非崤岫清達
飛光曜境孰能口任兩郡勳踰二史口化脣孝芽照霤

接上空一格

昌上空一字

曦昊天不弔春秋五十五薨群僚執哽而涕衿蓬野國戎
哫以酸吟子冗侄僕射臨汾令昌子霍琭纂脩父道忠孝
益宣奉遷神宅終顛亓詠時臨汾令人張保興渠祖脩葬
紼送塋故袁德抬之潛世徽音之安絕乃刊石銘碑述
之云尒其辭曰　誕崇亘搭基隆遠扇根自周爰宋
魏口見光梧住葉芳流後勸玉質金美誰不傾顛
霜曦象燒坤口合口厚類靡氣為生口　貞熟能韓
機二字義蓋密口樹類茂滋流謁　遠毅昌國祚貫
奔世斑對方嗣雌賢是口龘翼祥雲窴浩仰涕明迩道　貞
亓暉無蘖　溫溫恭人德愜時須武口淅衛文武貞良
儒如何不弔盡世潛居銘石刊記蹤歷長舒　大魏景
明五年歲在甲申正月戊申朔廿六日癸酉建

回下空三字　顛下空二字　韓下空三字　菽下空二字　大字再低一格

# 北齊銅雀臺石夆門銘跋

北齊銅雀臺石夆門銘，乃嘉慶間長寧趙渭川先生希璜令安陽時所得，云出漳河中。石方廣不盈尺，文七行，甚完好，前四行為銘文，行七字，後三行題名二列。文曰：大齊天保八年九年造銅雀臺石夆之門，百代之後見此銘者當復知之。文後題名曰將陳驥、曰軍副程顯、曰承婁晞、曰幢主孫悦、曰幢主董侯、曰幢主楊曇。石已久佚，予往歲以重金得一本，上有青陽王蓮府尚書宗誠及翁正三閣學題識。此等小石藏人家，亡佚尤易。予往寓海東，嘗取金石小品精而難得者為《金泥石屑》，異日當再增輯，取已佚及難得如此銘者悉付影印以流傳之，亦古金石刻之續命湯也。

北齊銅雀臺石筆門銘乃嘉慶時吉安趙□門先生□讀金石□時得之于□□中石方不盈尺文七行前四行為銘文後三行為名之刻文曰大齊天保八年九月造銅雀臺石筆門百代之後見此銘者當復知之題名曰將領驃□婁睿曰軍副程顯曰幢主孫悅曰幢主董侯曰幢主楊曇石已久佚予往歲得拓本今乃一本上有吉端王蓬府藏本宗□盛□之閱□所藏此等古石藏人家亦佚大前予往歲得東嘗所金石小品雜百種有吾為舍院石屑墨皆東塔歸所已佚乃歸乃從徐□□印以流傳之亦古金石之續命湯也

# 趙和造四面碩象記跋

《南北朝存石目》載趙和造四面碩象記，署歲次己卯六月丁巳朔十五日辛巳。王文敏定為陳武帝永定三年，趙撝叔大令定為周武成元年，謂是年閏五月丁巳朔，記之六月即閏五月。案：趙説是也。周明帝以丁丑受禪，用周制稱天王，廢建號，至己卯八月始建元武成，故己卯閏五月稱三年。是年雖當陳永定三年，然此象實北周所造，文敏列之陳代，誤矣。

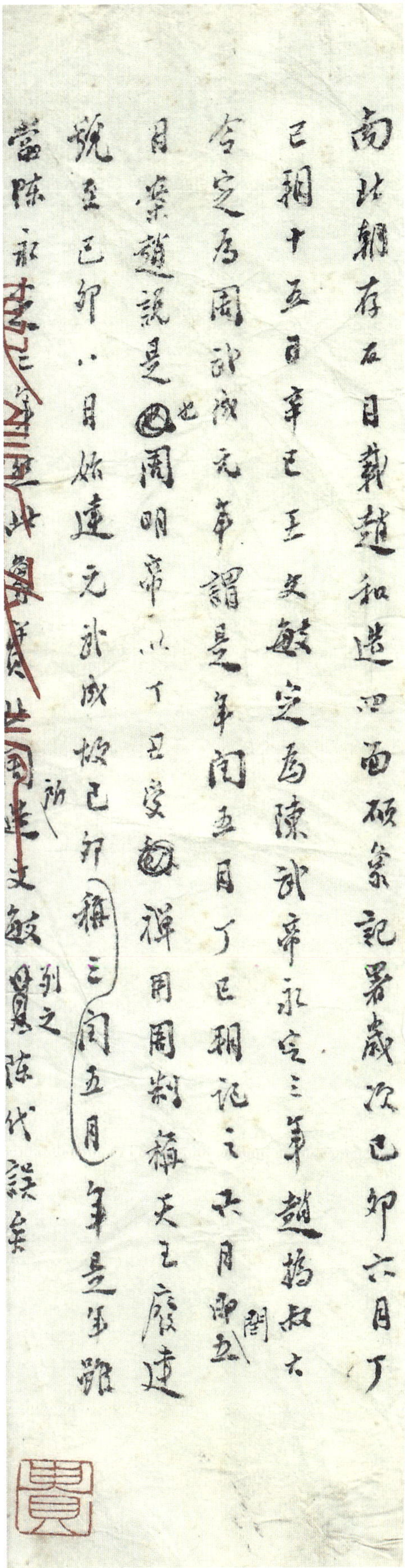
南北朝存石目載趙和造四面碩象記署歲次己卯六月丁
巳朔十五日辛巳王文敏定為陳武帝永定三年趙撝叔大
令定為周武成元年謂是年閏五月丁巳朔記之六月[illegible]丑
月乘趙說是也周明帝以丁丑受禪用周制稱天王廢建
號至己卯八月始建元武成按己卯稱三閏五月年是[illegible]
當陳永定三年[illegible]文敏[illegible]陳代誤矣

# 題庚子金陵感事絶句扇面

瀟瀟風雨秣陵秋，棖觸詩人萬縷愁。一寸短檠三尺劍，打窗敗葉更颼颼。工愁乍見張平子，對酒還思李謫仙。謁舍栞尊倍惆悵，愓時感逝恰中年。北地蟲沙成浩劫，淮南雞犬不飛仙。野人但祝銷兵早，手種湖尖二頃田。庚子金陵感事絶句，辛丑秋録，應琴生四兄大人正。弟羅振玉。

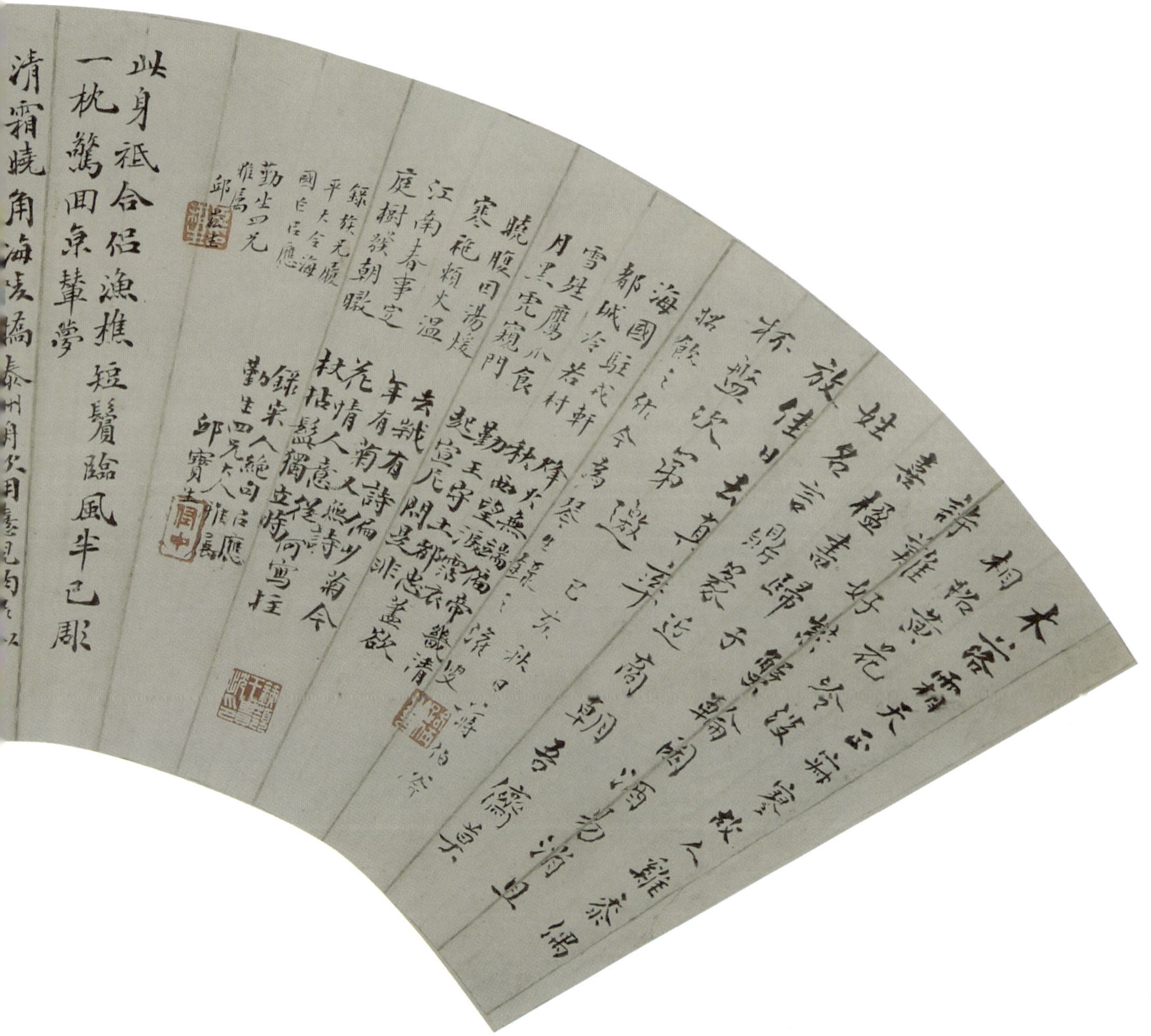

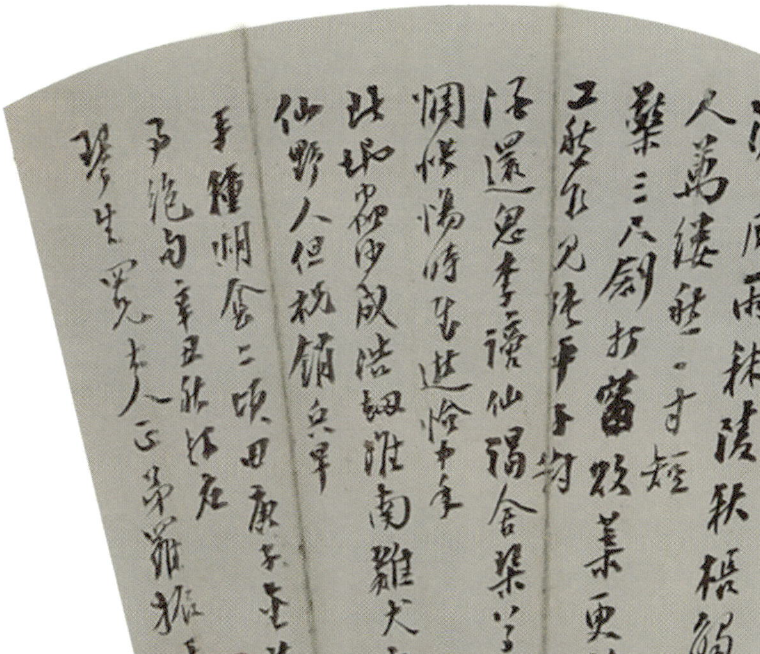

（局部放大）

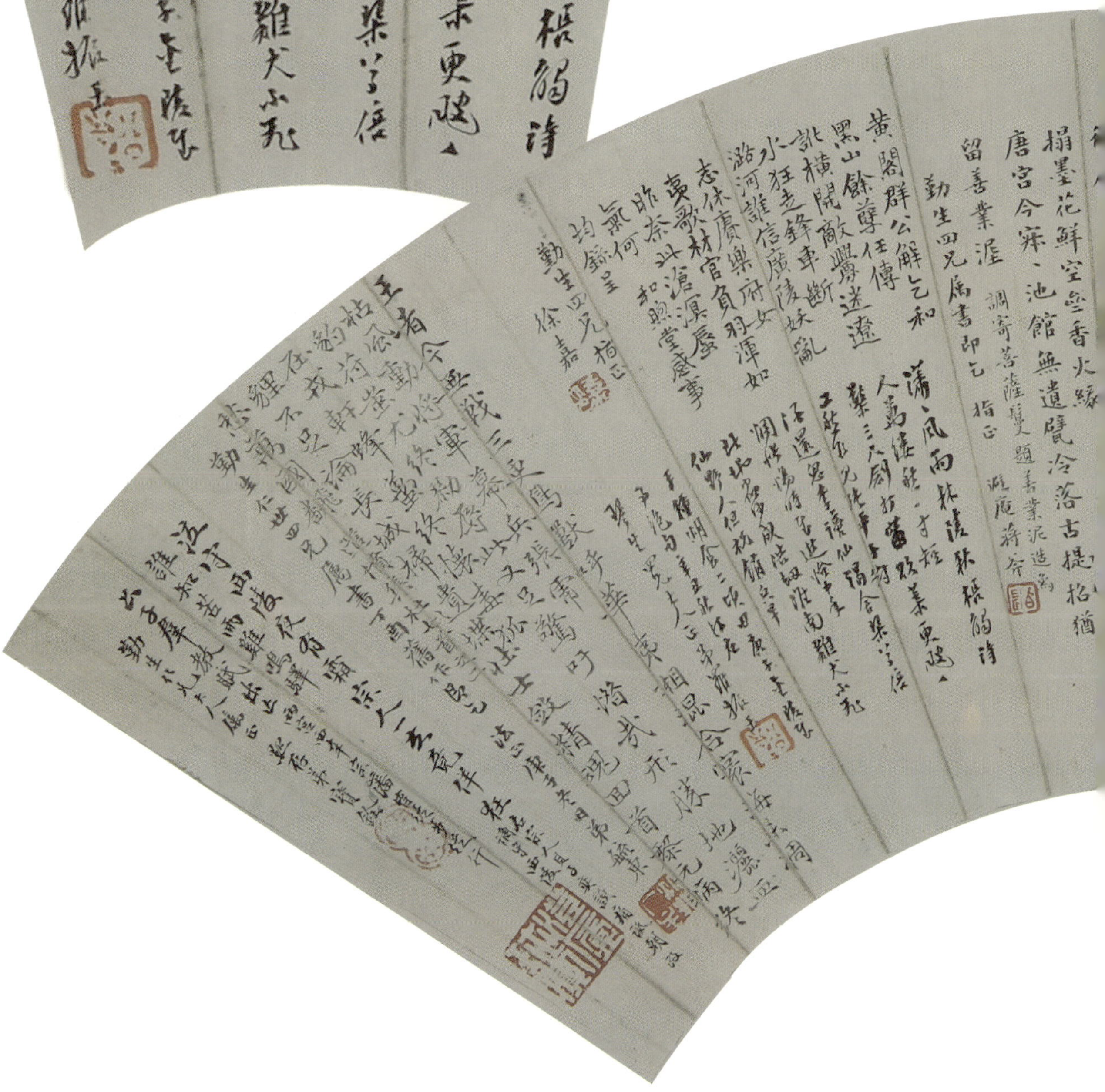

# 臨頌簋銘文扇面

用追孝，祈丐康□、屯右、通録、永令。頌其萬年眉壽無疆，畯臣天子靈冬。

星階閣學教正，羅振玉。

# 臨師器父鼎、單白鬲銘文

師器父乍尊鼎，用
亯孝于宗室，用旂
眉壽，黄句吉康，師
器父其萬年，子子孫孫永
寶用。　師器父鼎
單白原父乍中姞尊
鬲，子子孫孫其萬年永
寶用享。　單白鬲
丙午三月，
毅白先生正，弟羅振玉。

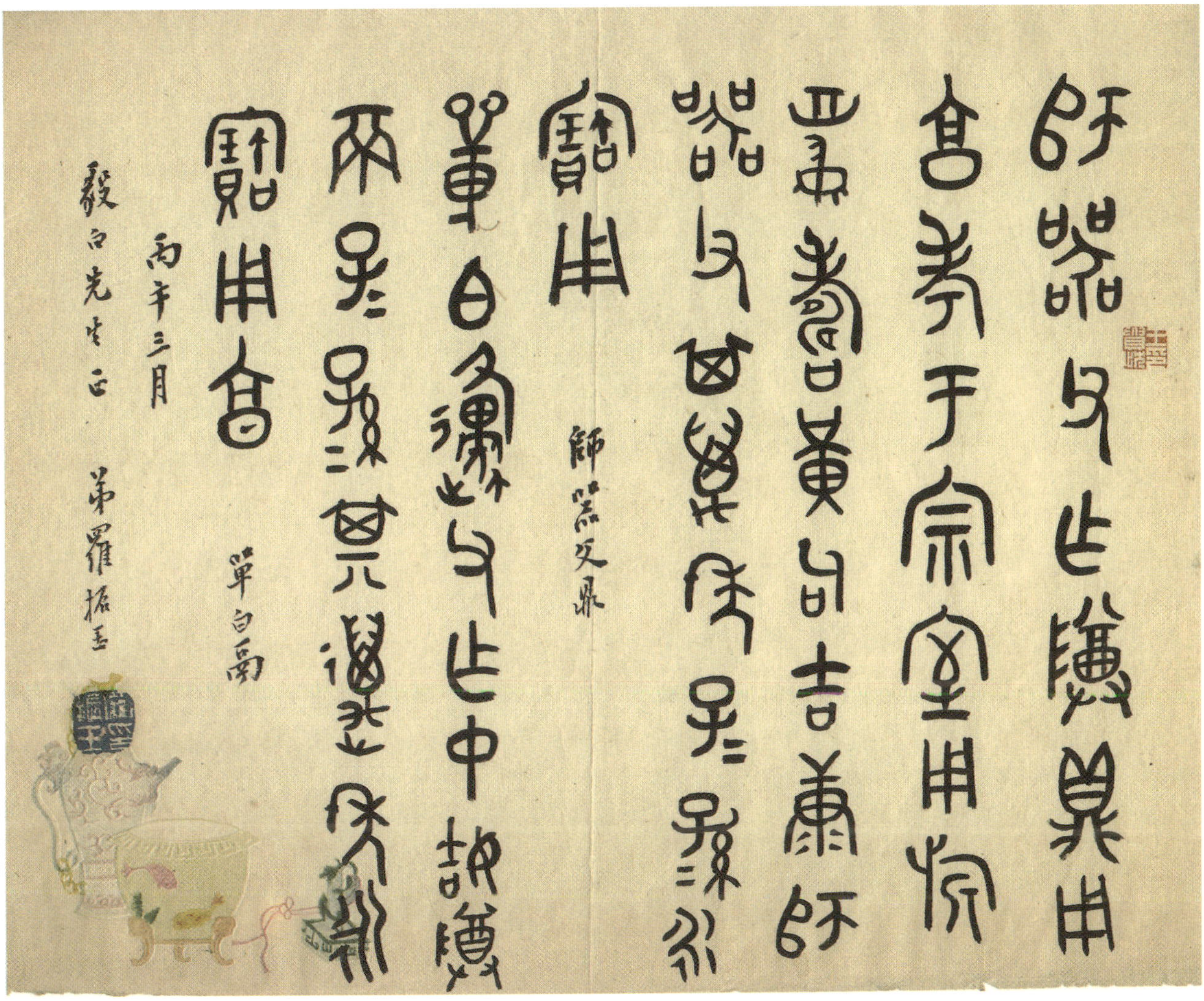

師器父作尊鼎，用享孝于宗室，用祈眉壽黃耇吉康，師器父其萬年子子孫孫永寶用

師器父鼎

單伯邍父作仲姞尊鬲，其萬年子子孫孫永寶用享

單伯鬲

丙午三月

毅白先生正　弟羅振玉

# 三 王忠慤公傳改本

# 武慕姚題封面

王忠慤公傳改本　適盦題于汴垣

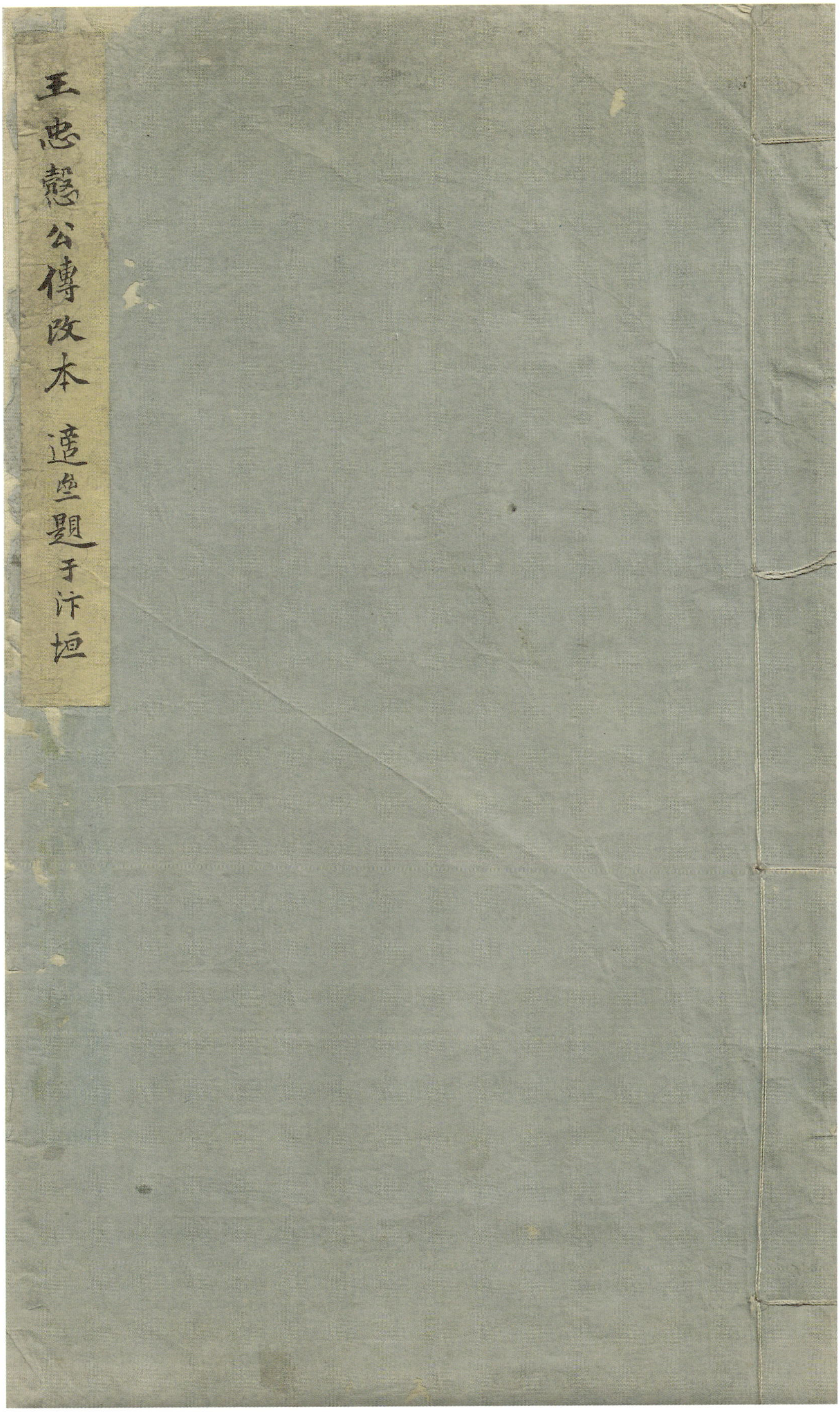
王忠慤公傳改本
適盦題于汴垣

# 武慕姚題記

余又見別本，亦有改正數處，與此略有同異，以保有本來面目，未移録也。

辛卯九月二十日，適厽鼒記。

《漢學師承記》，河南省立圖書館有江建霞批校本，記過録。

文中「公睠戀行朝」下文氣不接，疑有脱漏。尾句史官句亦措辭欠檢，應改作「以俟異日著史者采焉」。羅君此文，細讀似未暢潔，何耶？關某小跋更為傖氣，題封隸書亦欠渾樸，不似深究金石之學者。

余又見別本亦有跋語數處與此略有同異以係有本末而因未移錄也

辛卯九月二十日　適廬又跋記

漢學師承記河南省立圖書館有江建霞批校本記過錄

文中公牘意行款下　文氣不接　疑有脫漏　尾內史官內亦措詞太拴　應改作

以俟異日著其出處焉　張君此文細讀似未暢潔何耶　閱某士跋更有傖氣

題封隸書亦太渾樸　不似深究金石之學者

# 闕百益題書名

海甯王忠

愨公傳

上虞羅先生手自改訂本

海甯王忠慤公傳

上虞羅先生手自改訂本

# 關百益題跋

羅師撰《海甯王忠愨傳》，石景三百本，分贈同志後，索者已不易覯。況此為　羅師手自改訂本重付印《忠愨哀挽録》者，又三百本中唯一之物，至為難得。昔余奉　師命督校印之役，不忍將此本付之手民，因録複與之。又以海甯遺象及遺墨附訂於前，存諸巾笥，以志景仰。嗚呼，海甯一死名重泰山，為之作傳者多矣，而獨以吾師此文為能得其真，羅師之文尤以此自改本為能得其神，顧不已重可寶哉。

丁卯秋七月，百益關葆謙識於津沽客次。

羅師撰海寧王忠愨傳石景三百本分贈
同志同宗者已不易覯況此爲　羅師手自改
訂本重付印忠愨哀挽録者又三百本中唯
一二物至爲難得　音宗奉　師命督校印之
役不忍得此本付之手民因録複與之又以海
寧遺象及遺墨附訂於前存諸巾笥以
志景仰嗚呼海寧一死名重泰山爲之作
傳者多矣而獨以吾師此文爲能得其真
羅師之文尤以此改自本爲能得其神傾不已
重可寶哉
丁卯秋七月吉旦孟國藩謹識於津沽客次

# 王國維遺像

# 王國維遺書

五十之年，只欠一死，經此世變，義無再辱。我死後當草草棺斂，即行藁葬於清華塋地。汝等不能南歸，亦可暫於城内居住。汝兄亦不必奔喪，因道路不通，渠又不曾出門故也。書籍可託陳、吳二先生處理，家人自有人料理，必不至不能南歸。我雖無財産分文遺汝等，然苟謹慎勤儉，亦必不至餓死也。

五月初二日父字

五十之年只欠一死經此世變義無再辱
我死後當草草棺殮即行藁葬於清華塋地汝
等不能南歸亦可暫於城內居住汝兄亦不必
奔喪因道路不通渠又不曾出門故也書籍可
託陳吳二先生處理家人自有人料理必不至不能
南歸我雖無財產分文遺汝等然苟謹慎
勤儉亦必不至餓死

五月初二日父字

# 海甯王忠慤公傳

上虞羅振玉叔言

公諱國維，字靜安，亦字伯隅，號觀堂，亦曰永觀，浙江海甯州人。先世籍開封。當北宋時，其遠祖曰珪、曰光祖、曰禀，三世均以武功顯，而兩世死國難，《宋史》有傳。至高宗時，子孫扈蹕南渡，遂家於海甯，其後嗣隆替具於家牒，此不備書。曾祖厶祖厶並潛德不耀，考廼譽值洪楊之亂，棄儒而賈。公生而歧嶷，讀書通敏異常兒，年未冠文名噪於鄉里，尋入州學，以不喜帖括之學，故再應鄉舉不中程，乃益肆力於詩古文。於時值中日戰役後和議告成，國威稍替，海內士夫爭抵掌言天下事，謀變法自強。光緒丙申，錢唐汪穰卿舍人康年刱設《時務報》於上海，以文章鼓吹天下，人心為之振動，異日亂階遂兆於此，然在首事者，初未知禍之烈且至是也。公時方冠，思有以自試，且為菽水謀，乃襆被至滬江，顧無所遇。適同學某孝廉為舍人司書記以事返鄉里，遣公為之代。明年予與吳縣蔣伯斧學部黼結學農社

# 海甯王忠慤公傳

上虞羅振玉叔言

公諱國維字靜安亦字伯隅號觀堂亦曰永觀浙江海甯州人先世籍開封當北宋時其遠祖曰珪曰光祖曰稟三世均以武功顯而稟世死國難宋史並有傳高宗時子孫扈蹕南渡遂家於海甯其後嗣隆替具於家牒此不具書曾祖ㄙ祖ㄙ並潛德不耀考乃譽值洪楊之亂棄儒而賈公生而岐嶷讀書通敏異常兒年未冠文名噪於鄉里尋入州學以不喜帖括之學故再應鄉舉不中程乃益肆力於詩古文於時值中日戰役後和議告成國威稍替海內士夫爭抵掌言天下事謀變法自强光緒丙申錢唐汪穰卿舍人康年刱設時務報於上海以文章鼓吹天下人心為之振動異日亂階遂兆於此然在首事者意在振聾發聵未始知且兆亂也公時方冠思有以自試且為菽水謀乃襆被至滬江顧無所遇適同學某孝廉為舍人司書記以事返鄉里遣公為之代明年予與吳縣蔣伯斧學部黼結學農社

於上海，移譯東西各國農學書報，以乏譯才，明年戊戌夏遂立東文學社造就之，聘日本藤田博士豐八為教授。公來受學，時予尚未知公，偶於其同舍生扇頭讀公詠史絶句，乃知為偉器，遂拔之儔類之中，為贍其家，俾力學無内顧憂。歲庚子既畢業，予適主武昌農學校，延公任譯授。是年秋資公東渡，留學日本物理學校，期年以腳氣歸，主予家。病愈，乃薦公於南通師範學校，主講哲學、心理、論理諸學。甲辰秋予主江蘇師範學校，公乃移講席于蘇州，凡三年。丙午春予奉學部奏調，明年薦公學行於蒙古榮文恪公慶，命在學部總務司行走，歷充圖書館編譯、名詞館協脩。及辛亥冬國變作，予掛冠神武避地東渡，公携家相從寓日本京都，是時予交公十四年矣。初公治古文辭，自以所學根柢未深，讀江子屏《國朝漢學師承記》，欲於此求修學塗徑。予謂江氏説多偏駁，國朝學術實導源於顧亭林處士，厥後作者輩出，而造詣最精者為戴氏震、程氏易疇、錢氏大昕、汪氏中、段氏玉於上海移譯東西各國農學書報以乏譯才明年戊戌夏遂立東文學社造就之聘日本藤田博士豐八為教授公來受學時予尚未知公乃於其同舍生扇頭讀公詠史絕句知為偉器遂拔之儕類之中為贍其家俾力學無内顧憂歲辛丑既畢業予適主武昌農學校延公任譯授是年秋公東渡留學日本物理學校期年以脚氣歸主予家病愈乃薦公於南通師範學校主講哲學心理論理諸學甲辰秋予主江蘇師範學校公乃移講席於蘇州凡三年丙午春予奉學部奏調明年薦公學行於蒙古榮文恪公慶命在學部總務司行走歷充圖書館編譯名詞館協脩及辛亥冬國變作予挂冠神武避地東渡公攜家相從寓日本京都是時予交公十四年矣初公治古文辭自以所學根柢未深讀江子屏國朝漢學師承記欲於此求修學塗徑予謂江氏說多偏駁國朝學術實導源於顧亭林處士厥後作者輩出而造詣最精者為戴氏震程氏易疇錢氏大昕汪氏中段氏玉

裁及高郵二王，因以諸家書贈之。公雖加流覽，然方治東西洋學術，未遑專力於此。課餘從藤田博士治歐文，並研究西洋哲學、文學、美術，尤喜韓圖、叔本華、尼采諸家之説，發揮其旨趣為《靜安文集》。在吳刻所為詩詞，在都門攻治戲曲，著書甚多，並為藝林所推重。至是，予乃勸公專研國學，而先於小學訓詁植其基，並與論學術得失。謂尼山之學在信古，今人則信今而疑古。國朝學者疑《古文尚書》、疑《尚書》孔注、疑《家語》，所疑固未嘗不當，及大名崔氏著《考信録》，則多疑所不必疑矣。至於晚近變本加厲，至謂諸經皆出偽造。至歐西之學，其立論多似周秦諸子，若尼采諸家學説，賤仁義，薄謙遜，非節制，欲剏新文化以代舊文化，則流弊滋多。方今世論益歧，三千年之教澤不絶如綫，非矯枉不能反經。士生今日，萬事無可為，欲拯此橫流，舍反經信古末由也。公年方壯，予亦未至衰暮，守先待後，期與子共勉之。公聞而懼然自懟，以前所學未醕，乃取行篋《靜安文集》百餘冊悉摧裁及高郵二王因以諸家書贈之公雖加流覽然方治東西洋學術未遑專力於此課餘復從藤田博士治歐文並研究西洋哲學文學美術尤喜韓圖叔本華尼采諸家之説發揮其旨趣為靜安文集在吳刻所為詩詞在都門攻治戲曲著書甚多並為藝林所推重至是予乃勸公專研國學而先於小學訓詁植其基並與論學術得失謂尼山之學在信古今人則信今而疑古國朝學者疑古文尚書疑尚書孔注疑家語所疑固未嘗不當及大名崔氏著考信錄則多疑所不必疑矣至於晚近變本加厲至謂諸經皆出偽造至歐西之學其立論多似周秦諸子若尼采諸家學説賤仁義薄謙遜非節制欲剏新文化以代舊文化則流弊滋多方今世論益歧三千年之教澤不絶如綫非矯枉不能反經士生今日萬事無可為欲拯此橫流舍反經信古末由也公年方壯予亦未至衰暮守先待後期與子共勉之公聞而愯然自慙以前所學未醇乃取行篋靜安文集百餘冊悉摧

燒之，欲北面稱弟子，予以東原之於茂堂者謝之，其遷善徙義之勇如此。公既居海東，乃盡棄所學，而寢饋于往歲予所贈諸家之書，予復盡出大雲書庫藏書五十萬卷、古器物銘識拓本數千通、古彝器及他古器物千餘品，恣公搜討，復與海內外學者移書論學，國內則沈乙庵尚書、柯蓼園學士，歐洲則沙畹及伯希和博士，海東則內藤湖南、狩野子溫、藤田劍峰諸博士，及東西兩京大學諸教授。每著一書，必就予商體例，衡得失。如是者數年，所造乃益深且醕。公先予三年返國，予割藏書十之一贈之。送之神户，執公手曰：以君進德之勇，異日以亭林相期矣。公既返國，為歐人某主持學報，並徧觀烏程蔣氏藏書，為編書目，並取平生造述，擷其精粹，為《觀堂集林》二十卷，三十五以前所作棄之如土苴，即所為詩詞亦刪薙不存一字，蓋公居東後為學之旨與前此敻殊矣。壬戌冬蒙古升素庵相國奏請，選海內耆碩供奉　南書房以益　聖學，並以公薦，得　旨俞允。明

焼之欲北面稱弟子予以東原之於茂堂者謝之其遷善徙義之勇
如此公既居海東乃盡棄所學而寢饋于往歲予所贈諸家之書予
復盡出大雲書庫藏書五十萬卷古器物銘識拓本數千通古彝器
及他古器物千餘品恣公搜討復與海内外學者移書論學國内則
沈乙庵尚書柯蓼園學士歐洲則沙畹及伯希和博士海東則内藤
湖南狩野子温藤田劍峯諸博士及東西兩京大學諸教授每著一
書必就予商體例衡得失如是者數年所造乃益深且醕公先予三
年返國予割藏書十之一贈之送之神戸執公手曰以君進德之勇
異日以亭林相期矣公既返國爲歐人某主持學報並徧觀烏程蔣
氏藏書爲編書目並取平生造述擷其精粹爲觀堂集林二十卷三
十五以前所作棄之如土苴即所爲詩詞亦删薙不存一字蓋公居
東後論詩之旨與前此夐殊也壬戌冬蒙古升吉甫相國奏請選海
内耆碩供奉　南書房以益○　聖學並以公薦得○　旨俞允明

年夏公入都就職，奉旨　賞食五品俸、賜紫禁城騎馬、命撿昭陽殿書籍。公以韋布驟為近臣感　恩遇，再上封事，得　旨褒許。甲子秋予繼入南齋，奉　命與公檢定內府所藏古彝器。乃十月值宮門之變，公援主辱臣死之義，欲自沈神武門御河者再，皆不果。及車駕幸日使館，明年春幸天津，公奉　命就清華學校研究院掌教之聘，以國學授諸生，然公睠戀行朝。今年夏世變益急，

公憂益切，乃卒以五月三日自沈頤和園之昆明湖以死。家人於衣帶中得遺墨，自明死志，曰：「五十之年祗欠一死，經此世變，義無再辱。」並囑予代呈封章。初六日疏入，　天子覽奏隕涕，　詔曰：「南書房行走五品銜王國維，學問博通，躬行廉謹，由諸生經朕特加拔擢，供職南齋。因值播遷，留京講學，尚不時來津召對，依戀出於至誠。遽覽遺章，竟自沈淵而逝。孤忠耿耿，深惻朕

年夏公入都就職奉 ○ 旨｜賞食五品俸｜賜紫禁城騎馬命檢
昭陽殿書籍公以韋布驟爲近臣感 ○ 恩遇再上封事得 ○ 旨
褒許甲子秋予繼入 ○ 南齋奉 ○ 命與公檢定 ○ 內府所藏古彝
器乃十月值 ○ 宮門之變公援主辱臣死之義欲自沈神武門御河
者再皆不果及 ○ 車駕幸日使館明年春 ○ 幸天津公奉 ○ 命就
清華學校研究院掌教以國學授諸生然津京間戰禍頻仍公日憂
○ 行朝頻至天津欲有所陳請語輒苦不達今年夏南勢北漸危
且益甚公欲言不可欲默不忍乃卒以五月三日自沈頤和園之昆
明湖以死家人於衣帶中得遺墨自明死志曰五十之年祇欠一死
經此世變義無再辱云並屬予代呈封章疏入 ○ 天子覽奏隕
涕初三日 ○ 詔曰南書房行走五品銜王國維學問博通躬行廉
謹由諸生經朕特加拔擢供職南齋因值播遷留京講學尚不時來
津召對依戀出於至誠遽覽遺章竟自沈淵而逝孫忠耿耿深惻朕

三

懷。著加恩予謚忠慤，派貝子溥伒即日前往奠醊，賞給陀羅經被，並賞銀弍千圓治喪，由留京辦事處發給，以示朕憫惜貞臣之至意。」其哀榮為二百餘年所未有。海内外人士知與不知，莫不悼惜。公至是可謂不負所學矣。予既入都哭公，並經紀其身後，遺著盈尺，由其門生分任編訂。或以此責予，予意此在公為羽毛，公之不朽，固在彼不在此也。公生於光緒丁丑十月二十九日，卒於丁卯五月三日，得年五十有一。娶莫氏，繼室潘氏，子潛明、高明、貞明、紀明、慈明、登明，孫慶端。潛明，予子婿也，先公一年卒。其嗣子將遵遺命，葬清華園，卜吉尚未有期，而海内外人士以予交公久知公深，多就予訪公學行，乃揮涕為之傳，俟異日史官採焉。

論曰：公平生與人交，簡默不露圭角，自待顧甚高。方為汪舍人司書記，第日記門客及書翰往來而已，故抑欝不自聊。及與予交，為謀甘旨俾成學，無憂生之嗟，在他人必感知矣，公顧落落，意若曰：『此懷著加恩予謚忠慤派貝子溥伒即日前往奠醊賞給陀羅經被並賞銀弍千圓治喪由留京辦事處發給以示朕憫惜貞臣之至意其哀榮為二百餘年所未有海內外人士知與不知莫不悼惜公至是可謂不負所學矣予既入都哭公並經紀其身後遺著盈尺由其門生分任編訂或以此責予予意此在公為羽毛公之不朽固在彼不在此也公生於光緒丁丑十月二十九日卒於丁卯五月三日得年五十有一娶莫氏繼室潘氏子潛明高明貞明紀明慈明登明孫慶端潛明予子壻也先公一年卒其嗣子將遵遺命葬清華園卜吉尚未有期而海內外人士以予交公久知公深多就予訪公學行乃揮涕為之傳俟異日史官採焉

論曰公平生與人交簡默不露圭角自待顧甚高方為汪舍人司書記第日記門客及書翰往來而已故抑欝不自聊及與予交為謀甘旨俾成學遂無憂生之嗟在他人必感知矣而公顧落落意若曰此

惠我耳，非知我也』。及陳善納誨，以守先待後相勉，一旦乃欲北面，意殆曰：『此真知我矣』。其所以報之者，乃在植節立行，不負所學，斯不負故人。賢者之所為，固與世俗之感惠徇知者異矣。又公之一生，予知公雖久，而素庵相國知之尤深。相國性嚴正少許可，嘗主予家，一見公遽相推許，後遂加薦剡。公感知遇，執贄門下。及相國聞公死耗，泫然曰：「士夫不可不讀書，然要在守經訓耳，非詞章記誦之謂也。嘗見世號博雅者每貴文賤行，臨難巧辭以自免。今靜安學博而守約，執德不回，此予所以重之也。」嗚呼，相國知人哉！

惠我耳非知我也及陳善納誨以守先待後相勉一旦乃欲北面意殆曰此真知我矣其所以報之者乃在植節立行不負所學斯不負故人賢者之所爲固與世俗之感惠徇知者異矣又公之一生予知公雖久而素庵相國知之尤深相國性嚴正少許可嘗主予家一見公遽相推許後遂加薦剡公感知遇執贄門下及相國聞公死耗泣然曰士夫不可不讀書然要在守先聖經訓耳非詞章記誦之謂也嘗見世之號博雅者每貴文賤行臨難巧辭以自免今靜安學博而守約執德不回此予所以重之也嗚呼相國真知人哉

## 羅繼祖跋

當日雪堂公改本不知何緣落關丈伯益手，頃貴忱兄見示，鑒其題識，知出汴垣，丈固汴人也。憶丈隨在津沽博愛工廠歷年事已越七十年，而墨瀋猶新，人事變遷遂如逝水，昔日童子今忽老耄矣，能毋感慨係之。乙亥

昔日
雪堂公故本不知何緣落吳丈伯
蕊西手頭嘗挾先兄見示覽其題識知出汪頓
丈固浙人也憶丈隨宦津沽博覽二嚴歷年事
已越七十年而墨蹟猶新而人事變遷遂如逝
水昔日童子今也老耄矣能毋感慨係之乙亥

四月，貴忱以事北來，出示，敬書其後。繼祖。

四月貴忱以事北來出示敬書其後　繼祖

## 附録

# 中國近代傳古第一人——可居室藏羅振玉書翰述畧①

劉春喜　阮華端

原廣東省博物館副館長王貴忱先生，齋名可居室，遼寧鐵嶺人，當代嶺南文史學界的傳奇人物，被潘景鄭先生譽爲「魁奇之士」。《文獻家通考》稱其：「精目録版本之學，又治泉幣金石及古文字、古文獻之學，學問賅博。」②名家信札是可居室的收藏强項之一，本着「言必有本、無徵不信」的治學原則，貴老已經成功掀起重新審定張蔭桓、曾國藩、張之洞、廖燕等人之歷史地位的熱潮，其主編的《明本潮州戲文五種》，成爲中國戲曲史研究不可或缺的重要文獻。出于對國學大師羅振玉的景仰，自二十世紀五十年代起，但凡羅振玉遺墨，見無不收，殫精竭力半世紀，終于集成蔚爲大觀的雪堂書翰系列，成爲貴老最引以爲豪的名家翰墨。

羅振玉（1866—1940年），字叔言，號雪堂，浙江上虞人。歷史學家、教育家、古文字學家、古器物學家、古文獻學家、收藏家、書法家、古籍圖録編撰家、出版家，堪稱中國近代文化史上里程碑式的人物，但由于歷史原因，長期被學界所

① 載肖洽龍主編：《廣東省博物館建館五十周年紀念文集》，嶺南美術出版社二〇〇九年版。

② 鄭偉章：《文獻家通考》下，中華書局一九九九年版，第一七一一頁。

忽略。可居室所藏雪堂書翰，對了解羅振玉及搶救、保存、整理、流布和研究學術文化遺産之貢獻提供了極爲難得的第一手資料。

可居室藏雪堂書翰共有：信札四十二通、改訂本《海甯王忠慤公傳》以及扇面、碑記考證、題跋等。信札寫于一九一二年至一九三一年之間，內容涉及印書、文物鑒定、買賣、籌款賑災，乃至親友間噓寒問暖等，但真實記録羅振玉在日本的傳古偉業，是這批信札的最大價值。

一九一一年，羅振玉應日本京都大學內藤湖南、狩野直喜等教授邀請，與王國維一起携眷東渡日本。寓日期間，羅振玉潛心著述，八年共成書四五十種，刊書一百多種，[①]其重要著作如《殷虚書契考釋》《流沙墜簡》以及有關敦煌吐魯番文書的整理研究，都完成于此時，奠定了一代學術大師的基業。二十六通寫于京都的信，內容多與編印書籍有關，透過平淡尋常的字句，一代學者成就千秋偉業的艱辛躍然紙上。

如，癸丑八月二十五日民國二年（1913年）九月二十五日致寶熙信中談到：

> 今年《石室佚書》外，刊《秦漢瓦當文字》二卷及《齊魯封泥集存》（不分卷，專補吴、陳二家《封泥考略》之缺，約兩月后可成）二書，力已不能它及矣。若今年所印各書，可以售出成本，將以此欵印《殷商吉金文字》（約六卷）、《敦煌石室遺書》（諸經諸子《文選》之類）、《芒雒冢墓遺文》（三卷），不知明年能償此願乎？此外待刊者十倍于是，但有以没世爲期，成一種是一種耳。

① 羅繼祖：《我的祖父羅振玉》，百花文藝出版社二〇〇七年版，第一〇二頁。

十九世紀末二十世紀初，殷墟甲骨文、敦煌文書、新疆甘肅内蒙古等地的漢晋木簡及内閣大庫元明以來書籍檔册的出土和發現，使中國的學術文化進入了空前大發展時期。大時代造就了羅振玉的使命感：「天不出神物于我生之前，我生之後，是天以畀予也！舉世不之顧，而以委之予，此人之招我也。天與之，人與之，敢不勉夫！」①

編印古物書籍即被羅振玉視爲第一要務。羅振玉曾有過龐大的整理金石遺文的計劃：石刻依「文體」類次，分爲頌、序、記、神道碑、墓表、墓志、造像記、刻經、題名、詩詞等，總名之曰《寰宇石刻文編》；金文以古禮器及庶物銘識斷代，分爲殷、周、秦、兩漢、新莽、三國至六朝，總名之爲《集古遺文》；古器物用「分類」法，分爲貞卜文字、古陶文、古兵器、符牌、古器物範、鈔幣、璽印、封泥、鏡鑒等，總名曰《集古圖録》。宏願雖未達成，但終其一生的編研均依此進行。

舊金石學形成于宋，盛極于清，但其器限于吉金，其學專力于古文，羅振玉繼承歷代學者的研究傳統，并對前人不注意的器物，亦進行廣泛搜集、研究。

甲寅九月二十五日民國三年（1914年）十一月十二日致寶熙：

……元鈔版既屬篤好，玉不敢強，既已著録，則器之爲己所藏否亦無關係，惟前以此等物鑒古家多不收，向不甚貴……

又，一九一三年十月二十九日致寶熙：

①《〈殷虚書契後編〉序》，載羅振玉撰述，蕭文立編校：《雪堂類稿·乙·圖書序跋》，遼寧教育出版社二〇〇三年版，第五九頁。

再，《封泥》《瓦當》成後，若尚未枯槁以死，則印《歷代官印集存》。金石之學，其中最未發達者爲印鉨學，其有裨于官制、姓氏、地理、小學者不少，擬分端以考究之。紙有餘隙，並以奉聞。

羅振玉對金石古器物的刊布流通重于收藏，以爲金石雖壽，轉賴墨本以永其年，對古鏡、璽印、封泥、瓦當、符牌、官印等分類編印，使不少已佚文物得以保存圖像及銘文。中國文獻學家張舜徽先生道：「這樣大規模地有系統地整理遠古文獻，在他之前，還没有人做過。」[①]後在《與友人論古器物書》中羅振玉用「古器物學」取代金石學，且提出系統整理古物的方法和步驟，成爲近代古器物學的開拓者，被郭沫若稱爲中國「近世考古學的一位先驅者」。

保存和研究敦煌文獻，是羅振玉名垂千古的又一偉業。

癸丑十月朔民國二年（1913年）十月二十九日致寶熙：

……此次《佚書》百部，印價二千元有奇，已算極廉，比較四五家，均貴於是。此次又係照本定價，全數售出恐尚畧有虧損，不能再貶價，亦無力再印，而購書者不知印書者甘苦如此，可嘆也。近作《鳴沙石室佚書序》，寄呈鈞正。其中多牢騷語，亦道其實耳。……

《佚書》是指《鳴沙石室佚書》，此書的刊印費盡周折。一九〇九年九月初見敦煌遺書，羅振玉「一時驚喜欲狂，如在夢寐」，當月寫出《敦煌石室書目及發現之原始》，此爲世界上第一篇公開發表的介紹敦煌文獻的文字。隨後倡議集群力影印

① 張舜徽：《中國文獻學》，上海古籍出版社二〇〇五年版，第二六九頁。

流傳，諸公曾一倡百和，後在商務印書館擱置數年，同志難求，最終由羅振玉獨力任之。《佚書》是在海東整理出版的第一部敦煌學著作。縱使困難重重，羅振玉依然「冥行孤往，志不可奪。……苟天不使我餒死海外，尚當移書伯君，更求寫影，節嗇衣食之資，賡續印行，以償夙願」。[①]其後編印了《鳴沙石室佚書續編》《鳴沙石室古籍叢殘》《敦煌石室碎金》《敦煌零拾》《石室秘寶》《貞松堂西陲秘籍叢殘》等書，人們從中爬梳出無數寶貴資料，世界顯學敦煌學由此產生，羅振玉當之無愧爲敦煌學的奠基人。

在簡牘學領域，羅振玉也起着導夫先路的作用。

甲寅正月二十七日民國三年（1914年）二月二十一日致寶熙：

> 玉近與王靜安兄考訂英人所得敦煌古簡，編爲《流沙墜簡》三種，共六卷。關于考古，所得至宏。惟尺寸較大，玻瓈版印價益昂，勉印百部。全書一百餘頁，原簡用玻瓈版，考釋則用金屬版，每部成本須九元以上，現定價每部十二元，八折收價，裝兩巨册，約下月末可以印成，先奉樣張二紙。都中共可售若幹部，仍求介紹以流傳之，以便印成時寄奉……

英國的斯坦因曾在甘肅敦煌及新疆羅布淖爾盜掘大批漢晉簡牘，由法國學者沙畹作《考釋》。羅振玉根據《考釋》，與王國維用出土文書結合古籍文獻的方法重新整理而成《流沙墜簡》一書。此書剛付梓便引起學界高度重視：「《流沙墜簡》本欲俟《考釋》印成同時發售，而此間及滬上求之甚亟，故先售上冊三卷……」（甲寅二月十六日民國三年（1914年）三月十二日致寶熙）《流沙墜簡》成爲研究漢晉簡牘的開山之作，被魯迅譽爲國學研究的典範。

---

① 羅振玉撰述，蕭文立編校：《雪堂類稿・乙・圖書序跋》，遼寧教育出版社二〇〇三年版，第四二一頁。

一九一六年王國維回國，羅振玉的學術活動没有絲毫停滯，每月必成書一或二三種不等，此年著述共十二本，刊書九種，甚至因伏案過勞引起眼疾，「醫者戒讀書作字」，亦未有鬆懈，其毅力之堅，無與倫比。

丙辰八月初八日民國五年（1916年）九月五日致鄒安：

……兩旬以來稍有目疾，醫者戒讀書作字，甚以爲苦，致尚未裁復，至歉至歉。《天竺字源》此次參差乃在博物館長，不怪姬君。故弟願自印。

……

弟近因不能讀書寫字，《殷虚古器物圖録附説》遂不能動筆（秋節左近可寫定矣），乃專事編輯。現印（玻璃板）《古明器圖録》四卷（此種已印成）、《古鏡圖録》三卷、《佚石集存初集》一卷（三種四十餘紙）、《高昌壁畫菁華》一卷（已印成，此一月前印），又須印唐寫本《世説新書》殘卷、六朝寫本《禮記子本疏義》（我國久佚之書）殘卷，又編印《隋唐以來官印集存》一卷（六十餘紙），皆望之同好而不可得者，今努力自爲之，趙撝叔《鶴齋叢書序》所言字字金玉也。籌款雖苦，觀成則較易矣……

信中所列之唐寫本《世説新書》殘卷、六朝寫本《禮記子本疏義》《天竺字源》皆日本公私之藏品。日本流傳很多據説是唐朝帶去的古鈔本，以前到日本訪書的學者只重宋元版，惟有羅振玉對這類「唐鈔」給予重視，多方搜羅。《世説新書》分藏四家，羅振玉設法借來合集刊印。《天竺字源》是宋「傳梵大師法護、光梵大師惟净等集進，仁宗御製序，景祐二年奉旨開板。……今中土不復見，蓋其文字，世罕習者，故尤易亡佚也。」[①]在日期間羅振玉盡力搜集、印布稀見古籍刻本及日本傳鈔本等海外遺珍，歸國時來不及刊印的古籍，則請日本友人代借代印，并以出賣日本房宅爲印書費用。狩野博士在完成這一重托後特記緣起「以見其高義亮節，卓越時俗，而稽古樂善之志，窮而不少衰，尤可敬重云。」[②]

信中所列的書單有：《齊魯封泥集存》《敦煌石室遺書》《鳴沙石室佚書》《唐風樓秦漢瓦當文字》《芒雒冢墓遺文》《殷虛書契考釋》《流沙墜簡》《恒農冢墓遺文》《漢晉石刻墨影》《歷代符牌後録》《殷虛古器物圖録》《殷虛書契待問編》《高昌壁畫菁華》《石鼓文考釋》《古鏡圖録》《隋唐以來官印集存》《禮記子本疏義》《世説新書》《天竺字源》《殷商吉金文字》《殷虛書契後編》《南宗衣鉢跋尾》《殷文存》《古明器圖録》《佚石集存初集》《悉曇字記》《三遺民寶繪集》等。

這些書目只是印書計劃之一小部分，但足已反映羅振玉在甲骨學、敦煌學、簡牘學、古器物學上之成就，堪稱近代學術史上百科全書式的人物。王國維言：「近世學術之盛，不得不歸諸刊書者之功。」[③]羅振玉所刊布的大量書籍爲學術界提供了可資參考的重要資料和最新研究成果，使不少人走向治古文字古史的道路。于省吾先生在叙述他開始從事古文字研究時説道：「當時，羅振玉、王國維整理并刊布了大量的原始材料，給學習和研究帶來很多方便。」[④]

張舜徽先生曾分析：「在中國舊社會裡從來喜藏書的，未必能讀；能讀書的，未必能下手做有系統的研究工作，卓然有

---

① 羅振玉撰述，蕭文立編校：《雪堂類稿·戊·長物簿録（三）》，遼寧教育出版社二〇〇三年版，第一三七二頁。

② 羅繼祖：《我的祖父——羅振玉》，百花文藝出版社二〇〇七年版，第一〇五頁。

③ 羅振玉撰述，蕭文立編校：《雪堂類稿·附〈永豐鄉人行年録〉》，遼寧教育出版社二〇〇三年版，第七〇頁。

④ 于省吾：《于省吾自傳》。《晉陽學刊》一九八二年第五期。又見《晉陽學刊》編輯部編：《中國現代社會科學家傳略》第三輯，山西人民出版社一九八三年版。

所發明，即使兼有數者之長，又未必能以私人財力印布書籍，以廣流傳。」[1]刊書目的也有「逐利」「好事」「篤古」之分。而羅振玉之傾力印書，則完全出于傳古的使命感。種種心迹，于信札中時有表露。如丙辰八月初六日民國五年（1916年）九月三日致鄒安：

> 傳古乃弟之夙願，本無受禄之意。若受人薪金，即不能不爲人役，不如不受酬之進退裕如也。弟老矣，平日不能爲人傭，今益放廢，但爲古人役，則低首下心所不辭也。今年大發印書之興，擬屏一切嗜好，專力此事。恐須萬金左右，現方擬斥鬻所藏以圖之。始知傳古之事，國家之力與當世富人固遠在我輩寒士下也。

又，癸丑八月二十五日民國二年（1913年）九月二十五日致寶熙：

> 學術有待於我輩傳續者不少，半生所畜古文字與考古之資料頗多，願一一編印傳世。

匪夷所思的是，雪堂的傳古活動竟招來某些人的猜忌，當年曾哄傳羅振玉在日本藉印書發財壟斷學術之妄談。然而在致寶熙的幾封信中我們看到的却是另一種情況。

癸丑八月二十五日民國二年（1913年）九月二十五日：

> 玉今年上半年温經，長夏校印《石室遺書》，秋間病足，家人亦次弟患感冒，心緒甚劣。加以財力空匱，一家十口

---

① 張舜徽：《中國文獻學》，上海古籍出版社二〇〇五年版，第二六五頁。

孤懸海外，無歲入之常款，餓死分也，故亦不以爲憂。所苦無傳古之力。……時局無可言矣，以此身爲學術之犧牲，其佗嗜好（指收集書畫古器）一切屏絶，以節物力。

又，甲寅九月二十五日民國三年（1914年）十一月十二日：

此間經濟奇絀，玉亦窘甚。故韓君言，《閣帖》在京可售三千，今以半價亦不得不售去也。

爲了印書，羅振玉常令家人陷入炊烟欲斷的窘境，必須靠出售長物來維持生計。

己未十月二十日民國八年（1919年）十二月十一日致寶熙：

此畫愛之甚篤，本不求售也。拙藏本以自賞，非有貿遷之意，惟遇炊烟欲斷時出以易米耳。故所藏儲未嘗揣摩時尚，亦不欲揭竿求售。區區之懷，尚祈鑒宥。

囿于個人財力有限，羅振玉認爲「學術傳布之責，天下有力者，當共兼之」。[1]曾努力尋求同志。

丙辰四月初四日民國五年（1916年）五月五日致鄒安：

弟今年本擬發憤籌款，將《書契后編》及《殷虛古器物圖説》《符牌續録》三書印成。然待款項籌得不知在何時，

---

① 羅振玉撰述，蕭文立編校：《雪堂類稿·乙·圖籍序跋》，遼寧教育出版社二〇〇三年版，第六〇頁。

今因此外界之力，《書契后編》竟印至五百部（哈三百，弟二百）。他二種弟亦附印百部）。於弟雖受一時之窘，而于傳古則大有益，亦不幸之幸也，此亦得先生之助。今年弟尚欲印古器圖録二種，僅二三十葉，石印居半，《符牌》則小本也，各印百部耳，所費不過數百元，然鄙人之力殫矣。

亦有人指責羅振玉圖書定價昂貴，幸而賬目俱在，無須辯駁。

丙辰八月二十九日民國五年（1916年）九月二十六日致鄒安：

今得來示，知照費三百元已付出，則仍照前議，命東京估印價矣。博物館照象貴于此間幾四之一。昨託東友自己購玻璃片由館中照之，並曬影片一份，計共三百六十元（以前影片不在内，尚須四百元有奇），不能不用館中寫真師，否則尚可稍廉。《悉曇字記》在此間照四十三片僅四十元耳。兩書照片共四百二十元，與前算不符，請將漲出之《天竺字源》照費六十元，由弟任之（弟亦須附印百部），哈園仍出三百元可也。至《悉曇字記》之費照弟亦墊結，若此二書由此印行，此款與印價同匯，否則將二書影本同寄奉可也。玻璃不好寄，定損壞也。原書乃鐮倉時代寫本，非宋版，已由殿野館長書中説明，其紙色甚黑，不能石印，惟東京金屬版尚可做，兹將用金屬版印之，紙工兩項價（除照相外），照印三百部計算，共五百七十七元，尚有兩書封面、序文及運費等，恐須六百元。紙張及板心之大小另紙奉覽，祈檢核示復。東京印工遲緩，又督工事託友人（非不可自往，則所費爲多），更不能速，合併聲明。

……

兩梵書印工預計帳　照印三百部計算

《天竺字源》

玻璃板二百七十枚，每兩枚爲一頁，共每部一百卌五張。

用紙（伊豫整張，每張裁小葉二張）二萬五千五百張（即小葉五萬一千張），價二百五十五元。

印工（金屬版），每小葉兩張，印價八釐（即每一葉四釐），印價共二百零四元。

《悉曇字記》

玻璃板四十三枚，每兩枚爲一頁，每部二十二葉。

用紙（伊豫整張）六千六百張（即小葉一萬三千二百張），價六十六元。

印工（金屬版），每小葉兩張，印整八釐，價五十二元八角。

兩書各印三百部，總計五百七十七元，但照費及序目、封面、寄費等不在内。

當年《流沙墜簡》「每部成本須九元以上，現定價每部十二元，八折收價」，《齊魯封泥集存》成本，每部二元七角餘，定價四元（須去經售二成），《鳴沙石室佚書》「又係照定價，全數售出，恐尚略有虧損……」。旅日八年，羅振玉印書費以巨萬計，「國家與群力之所不能爲者，竟以一流人之力成之」①，其傳古之豐功，豈容人隨意詆毁。

羅振玉一生著述三百四十多種，傳刻古圖書刊布新材料在六百四十種以上計一千五百八十九卷。②「舉天下之物不足以易其尚，極天下之至艱而卒有以達其志，此于古之刊書者未之前聞，始于吾雪堂先生見之。」③羅振玉當之無愧爲中國近代史上

---

① 羅振玉撰述，蕭文立編校：《雪堂類稿·附〈永豐鄉人行年録〉》，遼寧教育出版社二〇〇三年版，第七一頁。

② 聞鯉：《〈羅雪堂合集〉出版》，載張本義主編：《白雲論壇》第三卷，北京圖書館出版社二〇〇六年版，第四四九頁。

③ 羅振玉撰述，蕭文立編校：《雪堂類稿·附〈永豐鄉人行年録〉》，遼寧教育出版社二〇〇三年版，第七〇頁。

傳古第一人。

在這批書翰裡，有兩件藏品值得注意：一件是一九一六年十月五日羅振玉致鄒安的信，另一件是羅振玉手自改訂本《海甯王忠慤公傳》，從中反映出羅振玉對王國維生前身後始終如一的關心，是澄清羅、王關係的又一新證。

鄒安（1864—1940年），初名壽祺，字景叔，號適廬，浙江杭縣（今杭州）人。民國時著名金石學家，編著有《周金文存》《廣倉磚録》《古石抱守録》《藝術類徵》《雙玉鉨齋吉金圖録》等。曾任英國猶太籍富商哈同所辦之上海倉聖明智大學教授，并爲其廣倉學窘主編《藝術叢編》，當年常向羅振玉約稿。鄒安與王國維是同鄉，曾介紹王做《學術叢編》的主編，充當羅振玉、王國維與哈園之間的中介。羅振玉與王國維在一九一六年至一九一九年的通信中常提及鄒安，羅繼祖在《觀堂書札三跋》中也專門提及王國維與哈同、鄒安的關係，① 但從未見過羅振玉與鄒安之間的書信發表。可居室藏品中七通雪堂致鄒安的信，寫于一九一六年五月至十月，内容涉及編書、寄書、買賣古董等事。其中十月五日一信，更談及羅振玉爲王國維解約《藝術叢編》主編一事。

一九一六年王國維回國主編《學術叢編》。哈同的管家姬覺彌兼上海倉聖明智大學的校長，不懂學術却妄加干涉撰述之事。王國維工作不順心，向羅振玉大吐苦水。羅振玉因此致信鄒安，替王國維提出解約：

> 哈園之事，静翁有信來問行止，已逕復之。此次渠之就聘，乃弟勸駕。弟爲贊成學術之故，非贊成該園。静公品學，當世無其人，今之亭林也，弟生平最畏敬者。今年與哈相交，委曲至矣。而其所以受此委曲之故，則因公之介紹與弟之勸駕。今弟不願以隨侯之珠爲彈雀之用。哈園事事不履行條約，妄干涉撰述之事，稿不付印，印不應期，脩金亦不

① 羅繼祖主編：《王國維之死》，廣東教育出版社一九九九年版，第三一六—三二一頁。

案期致送。此無與之共事之理。請明告該園，自此信到日，即爲静公與哈園决絶之期。以後撰述之事，静翁全無責任，哈園别求他人可也。此次哈園尤爲妄誕之事，在干涉撰述。茫茫天地間，通學術者有幾人？豈略識之無者，便可妄肆簧鼓哉！静公光明磊落人，不慣與此輩相處。公以前之介紹，固亦不料其荒誕至此。今公既將潔身而退，想亦應有不可處者在耳。静公遠道就聘，在該園因不能踐履條約，致在聘約期内解約。以理言之，該園應負賠償之責。然静公猶潔定，不以此責該園。請告園放心可也。

再，弟此次干涉静翁與哈園交涉之故，乃静翁就聘由弟勸駕，非横生干涉，合并聲明。

信中稱「静公品學，當世無其人，今之亭林也，弟生平最畏敬者」。雖哈同對羅振玉有助印之功，但此信言辭决斷，可見羅振玉爲朋友仗義執言，義無反顧。同時，羅振玉還爲王謀劃生活，打消其後顧之憂，對此，王國維深表感激：「則所以酬公者，亦惟有推公上爲學術、下爲私交者之心，以此自勵而已。」①解約之事後來以哈同讓步爲了結，王國維得以工作到一九二三年。

一九二七年五月三日，王國維自沉昆明湖，震驚世人。羅振玉雖因兒女私事與王國維失和，但聞訊即爲王做了一系列事情：趕寫《海甯王忠慤公傳》、經紀喪事、編輯《海甯王忠慤公遺書》等。八月因《海甯王忠慤公傳》發行告罄，决定重印。重印本增加了王國維遺像及遺書，付印前羅振玉仔細過目，校勘改動多達二十多處，現在發表的《海甯王忠慤公傳》均據此改訂本。今見可居室所藏羅氏親筆改訂本，手澤猶新，書後還有羅繼祖先生的題跋，彌足珍貴。

王氏自沉後，有人臆造了羅振玉剽竊王國維研究成果、逼債等讕言，致使羅振玉蒙塵染垢半個多世紀。而由現存可見的

① 王慶祥、蕭文立校注，羅繼祖審訂，政協長春市委員會文史和學習委員會編：《羅振玉王國維往來書信》，東方出版社二〇〇〇年版，第一六四頁。

尺牘、書稿等資料，我們有理由相信，以上種種均爲毫無根據的捏造。當年與羅振玉並非素交的川田瑞穗先生曾公正評判：「今觀羅氏撰公傳及祭文，復爲公代上封章，經營其身後，則羅氏之對公可知。由此觀之，此種謠言亦不待辯而自明矣。」①羅、王相識于一八九八年，此後三十年亦師亦友。羅振玉對王國維的發現、提携和幫助，其意義遠遠超出了私誼，是對中國學術史的又一重大貢獻。胡文輝在其《現代學林點將録》中評説：「世無王國維，羅振玉仍爲羅振玉；而若無羅振玉，則至多僅有文學史家的王國維，必無古史學家的王國維矣。」此爲公允之説。

羅振玉不僅是著作等身的文史學者，同時還是一位能詩擅書的文人藝術家。可居室所藏的雪堂書翰，具有極高的藝術價值。《題庚子金陵感事絶句扇面》上題詩的有羅振玉、灌叟、邱崧生、邱寶生、象震、蔣黼、徐嘉、毓東、寶銓共九人。羅振玉題詩爲「瀟瀟風雨秣陵秋，棖觸詩人萬縷愁。一寸短檠三尺劍，打窗敗葉更颼颼。工愁乍見張平子，對酒還思李謫仙。謁舍琹尊倍惆悵，傷時感逝恰中年。北地蟲沙成浩劫，淮南鷄犬不飛仙。野人但祝銷兵早，手種湖侌二頃田。庚子金陵感事絶句，辛丑秋録，應琴生四兄大人正。弟羅振玉。」雪堂不常作詩，作了也不存稿，此扇面詩書俱佳，誠爲珍品。

「澤古深者書自工。」作爲一位學貫古今的國學大師，羅振玉以着重書外學識與修養著稱，書法五體兼擅，且精于治印，是「甲骨入書第一人」，在中國書法史上有着特殊貢獻。書翰以小行書爲主，兼有楷書和篆書，無不體現其「謹嚴敦古，温和儒雅」的藝術風格。②羅振玉研習書法從顔楷漢隸入手，後受董其昌影響，其行書「結字修長，用筆簡遠，一派仙風道骨」，③在諸體中最爲瀟灑卓絶，深得可居室主人的推崇。作爲一名典型的學者書家，貴老精于小楷、行書，其閑雅淡適、不

① 羅繼祖主编：《王國維之死》，廣東教育出版社一九九九年版，第五八頁。

② 上海書畫社編：《翰札菁華羅振玉手札》，上海書畫出版社二〇〇七年版。

③ 張本義：《羅振玉在近代書法史上的地位》，載《白雲論壇》第二卷，北京圖書館出版社二〇〇四年版，第二八八頁。

急不厲、純任自然的書風，在當代書壇獨樹一幟。貴老是第一個公開提倡羅體的學者，常有人把貴老書迹當爲雪堂墨寶，此爲佳話。

此外，羅振玉的幾則碑記，考訂精審，其嚴謹的治學態度、不尚華藻的淡雅文風，也是當今後學之典範。

由于羅振玉晚年堅持清遺臣立場，以及王國維自沉後謡諑蜂起，雪堂没有獲得與其學術貢獻相稱的地位及重視。經陳夢家、張舜徽、羅繼祖等有識之士的考證，公案已經了斷。二〇〇五年由張本義、蕭文立主編的一百八十八册《羅雪堂合集》的出版，更是中國傳統學術研究史的重大事件，確立了羅振玉「開百代之學風，啟後昆之法門」之國學大師地位。可居室藏品也收録其中，爲雪堂傳古偉業、學術風範和高尚人格增添許多細節關目，再次體現貴老「言必有本、無徵不信」的治學原則。書翰的發表，對貴老來説，是一個夢圓，是一種紀念。

# 後記

《可居室藏書翰·羅振玉》彙集了我歷年所收羅振玉先生的信札、題跋、書作和書稿。這本書得以出版問世，了卻了我多年的一樁心願。

羅振玉（1866—1940），字叔蘊、叔言，號雪堂、貞松，著名古文字學家、古文獻學家，對我國文化史、學術史貢獻巨大，實為中國近代傳古第一人。由於歷史的原因，世人對羅先生與王國維晚年之間的關係多有誤解，而對羅先生的學術成就及保存古代文物的貢獻亦缺乏足夠的認識和應有的肯定。

我兒時在東北老家，曾臨習過羅先生的字，但對他知之不多。南下廣州後，拜識了容庚、商承祚先生，時常聆聽二老對羅先生學術貢獻、傳古用心的評價和推崇，對羅先生日益敬重。容老、商老都是羅振玉先生的弟子，當年容老家裡，掛有羅先生的書法，商老家裡，也掛有羅先生的畫；商老收藏羅先生的東西更多，我印象很深。受他們的影響，我開始留意收集羅振玉先生的書跡，容、商二老對此很支持，均曾饋贈羅先生墨寶。我入息不高，大件者無力收，只能買小件如信札、題跋等。潘景鄭先生知我專題收藏後，亦曾特意見貽羅先生書件。一次偶然的機會，我得到一冊羅振玉先生親手改訂的《海甯王忠慤公傳》稿本。這個稿本很能詮釋羅振玉和王國維先生的關係。一九九五年，我與蘇晨、宋浩二兄到羅繼祖先生家探望，並將此改訂稿本呈給羅老看。羅老見此書稿歷經風雨仍保存完好，不顧雙目患白内障，摸索着寫下百字題跋。

多年的不懈和堅持，我收集羅振玉先生的書跡也略具規模，就中如《海甯王忠慤公傳》改訂稿本和致金石學家鄒適廬的信函，是羅先生對王氏學術成就的高度推崇和對其的關心愛護的有力物證。而羅先生以一己之力從事古代文物、文獻的蒐集、出版和傳播，其中的甘苦，在這些手跡中更是點滴可見。將這批資料出版，是我的一個夙願，它可以提供另一個角度，讓世人更為瞭解羅振玉先生的為人為學。現在這本書出版了，首先不忘容庚、商承祚、潘景鄭幾位老師對我的引導和鼓勵，他們的無私貽贈使我的雪堂專題收藏有了初步的基礎。這本書的出版，是對幾位老師的紀念。其次，感謝廣東人民出版社的盧家明先生、柏峰女士、張賢明先生，他們的支持和精心編輯是必不可少的。再次，感謝為這本書出版做前期整理工作的劉春喜女士、阮華端先生，他們寫的文章《中國近代傳古第一人》，收入此書附録；感謝肖文立先生，他是羅振玉研究的專家，他不但對信札作了精心的釋文，而且還專門撰寫了序言；我還要感謝王大文、林銳、黎旭、夏穗、宋浩等先生，他們對此書的資料進行了整理和編輯，對題跋、書稿進行了釋文，吳曉懿先生對古文字審定提出寶貴意見；特別要感謝著名文獻學家沈津先生對此書整理和編輯給與了熱心的指導。

羅振玉先生學識高深，我們對這些資料的整理難免出現錯漏，如有疏漏不妥之處，請不吝賜教。

王貴忱

二零一六年一月十五日